P9-ARQ-689

*Deseo*

# LAS CARTAS SOBRE LA MESA

## ANDREA LAURENCE

Editado por HARLEQUIN IBÉRICA, S.A.
Núñez de Balboa, 56
28001 Madrid

© 2014 Andrea Laurence
© 2014 Harlequin Ibérica, S.A.
Las cartas sobre la mesa, n.º 1993 - 6.8.14
Título original: Back in Her Husband's Bed
Publicada originalmente por Harlequin Enterprises, Ltd.

I.S.B.N.: 978-84-687-4425-4
Depósito legal: M-13162-2014
Editor responsable: Luis Pugni
Impresión en Black print CPI (Barcelona)
Fecha impresion para Argentina: 2.2.15
Distribuidor exclusivo para España: LOGISTA
Distribuidor para México: CODIPLYRSA
Distribuidores para Argentina: interior, BERTRAN, S.A.C. Vélez
Sársfield, 1950. Cap. Fed./ Buenos Aires y Gran Buenos Aires,
VACCARO SÁNCHEZ y Cía, S.A.

# Capítulo Uno

–Señor Reed, nuestras cámaras han localizado a la Barracuda en la mesa tres, junto a las máquinas tragaperras.

Nate sonrió. Annie había caído en su trampa. No había podido resistirse a acudir al gran campeonato, aunque eso significara regresar a la escena del crimen. Como propietario y director del Casino Desert Sapphire, había ordenado a su equipo de seguridad que lo avisara en cuanto ella estuviera allí.

–Está jugando con el señor Nakimori y el señor Kline –informó Gabriel Hansen, su jefe de seguridad, después de escuchar lo que le decían por el auricular que lo conectaba con los agentes de planta.

–Típico de ella –dijo Nate, y se dispuso a bajar a las mesas. El empresario japonés y el viejo magnate del petróleo texano iban a perder toda su fortuna si no se la llevaba pronto. Por algo la llamaban la Barracuda.

–¿Quieres que te acompañe? –preguntó Gabe.

Nate suspiró. Además de su jefe de seguridad, Gabe era uno de sus mejores amigos y sabía que no tenía a Annie en muy alta estima después de lo que le había hecho.

–No, me ocuparé yo solo.

Colocándose la corbata, Nate tomó el ascensor y bajó los veinticinco pisos que separaban su suite del vestíbulo principal del casino.

Después de tantos años, al fin iba a poder vengarse de ella. Sin embargo, no era capaz de sentir toda la excitación que había anticipado. Tenía la boca seca y el pulso acelerado. ¿Cómo era posible que él, Nathan Reed, uno de los más exitosos empresarios de Las Vegas, estuviera nervioso por una mujer? La verdad era que Annie siempre había sido su debilidad.

Desde la puerta, la vio enseguida. Estaba sentada de espaldas a él, con las piernas cruzadas y el largo pelo negro cayéndole por los hombros. A su lado, el señor Nakimori se echó hacia atrás en la silla, tirando las cartas sobre la mesa con disgusto.

Cuando Nate se detuvo detrás de ella y le posó una mano en el hombro, Annie ni se inmutó. Había estado esperando su llegada.

–Caballeros –saludó Nate, sonriendo a los demás jugadores–. Me alegro de tenerlos de vuelta en el Shappire. ¿Va todo bien?

Jackson esbozó una amplia sonrisa.

–Iba bien, hasta que se presentó esta preciosidad.

–Entonces, estoy seguro de que nos les importará que les prive de su compañía –repuso Nate con una sonrisa.

–Estamos en medio de una partida.

Eran las primeras palabras que ella le dirigía

desde que se había ido. No le había saludado. Lo único que se le ocurría era quejarse porque estaba interrumpiendo la partida, pensó él.

Inclinándose, Nate acercó los labios a su suave oreja. Olía a champú de jazmín, un aroma que le recordaba a su delicioso sabor entre las sábanas. Sin embargo, no iba a dejarse engatusar nunca más por ella.

–Tenemos que hablar. Deja la partida –ordenó él con tono tajante.

–Bueno, caballeros, supongo que he terminado –dijo ella con un suspiro. Dejó sus cartas en la mesa y se quitó la mano de Nate del hombro antes de levantarse.

–Buenas tardes –respondieron los otros dos hombres. Ambos parecían aliviados de prescindir de su presencia.

Annie agarró su bolso rojo de cuero y se dirigió a la salida. Enseguida, Nate la alcanzó y la agarró con firmeza del codo, guiándola al ascensor.

–Quítame las manos de encima –le espetó ella con la mandíbula apretada, intentando sin éxito zafarse.

–Nada de eso –respondió él con una sonrisa–. Los dos sabemos lo que pasó la última vez que hice eso. Si lo prefieres, puedo hacer que un agente de seguridad te escolte arriba.

Annie se detuvo de golpe y se giró hacia él.

–No te atreverás.

Cielos, era muy hermosa, pensó Nate, sintiendo que, de nuevo, lo invadía el deseo al estar con ella.

Aunque le irritaba que su cuerpo siguiera reaccionando de esa manera al verla, a pesar de todo lo que le había hecho.

–¿Cómo que no? –replicó él. Annie no lo conocía en absoluto. Inclinó la cabeza hasta estar a unos milímetros de su cara–. ¿Quieres verlo? –le retó, agarrándola con más fuerza.

Annie no dijo nada. Se limitó a dejar de resistirse. Y él no la soltó hasta entrar en su suite.

Furiosa, se fue directa al despacho y se dejó caer sobre el sofá de cuero.

–¿Qué pasa? –preguntó ella–. Por hacerme subir aquí, he perdido una partida de cinco mil dólares. ¿Qué diablos quieres?

Nate se apoyó en el gran escritorio de caoba que había pertenecido a su abuelo y se cruzó de brazos.

–Tengo una propuesta para ti, Barbara Ann.

Annie arqueó una ceja con desconfianza.

–No tienes nada que yo pueda querer, Nathan. Si no, mi abogado ya te lo habría pedido.

–Eso no es cierto. Puedo darte lo que llevas esperando desde hace tres años: el divorcio.

–Tu abogado y tú habéis estado obstaculizando el proceso durante años –observó ella, intentando adivinar cuál era su juego–. Me has costado una fortuna en abogados. ¿Y ahora quieres entregármelo con un lazo?

–No exactamente –contestó él con una sonrisa, mientras se servía un vaso de whisky. No tenía ninguna prisa por saciar su curiosidad, después de los tres años que ella le había hecho esperar–. ¿Te sirvo una copa? –ofreció, más por educación que por deseo de agradar.

–Ya sabes que no bebo.

Nate se puso rígido. Lo había olvidado. Annie odiaba que el alcohol le hiciera perder el control. Era sorprendente cómo se olvidaban las cosas con el tiempo. ¿Qué más habría olvidado?

–¿Un refresco? ¿Agua?

–No, estoy bien, gracias.

–De acuerdo –dijo él, sirviéndose un par de cubitos de hielo. Con calma, le dio un largo trago a su whisky, con la esperanza de que le ayudara a adormecer el deseo que sentía por ella.

Annie tenía algo que siempre le había excitado. No era solo su exótica belleza, ni su aguda inteligencia. Todavía podía sentir el contacto de su cabello sedoso y negro en el pecho cuando habían hecho el amor. O el musical sonido de su risa. Todo junto formaba un cóctel embriagador. Y, solo con tenerla cerca, la sangre le bullía.

Entonces, Nate se recordó a sí mismo que lo que ella quería era el divorcio. Y que lo había abandonado en medio de la noche sin explicación ninguna.

Al menos, Annie se había molestado en pedir el divorcio ante los tribunales. Su madre, por el contrario, se había ido sin más, hundiendo a su padre en una espiral de depresión que había estado a punto de destruir el negocio familiar. Pero él era más fuerte que su padre, se dijo. Había reconstruido su hotel, el Desert Sapphire, y lo había llevado a la cima de la industria turística del lugar. No era la clase de hombre que se dejaba hundir por una mujer.

Aunque fuera una mujer tan increíble como Annie.

Ella lo observó con desconfianza desde el sofá.

—Sé que no puedes haber cambiado de opinión de golpe. Dime, ¿qué está pasando?

Tenía razón. Nate no había cambiado de idea y seguía molestándole darle a Annie lo que quería, pero el campeonato era más importante. La organización que patrocinaba el torneo de póquer más prestigioso del mundo había mantenido durante años una sociedad con otro casino. Para hacer que ese año firmaran con el Desert Sapphire, él había tenido que hacerles algunas promesas irresistibles. Y necesitaba que Annie le ayudara a cumplirlas.

—Estoy trabajando en un proyecto relacionado con el campeonato y tengo un trabajo perfecto para ti —señaló él, e hizo una pausa para dar un trago—. Si firmo los papeles y te doy el divorcio, me ayudarás.

—No lo entiendo. ¿En qué voy a…?

—Estoy seguro de que has oído hablar de que el gran torneo de póquer es un nido de tramposos —le interrumpió él—. Y la reputación de los organizadores está en jaque a causa de ello.

—Siempre hay rumores de trampas —repuso ella con un suspiro—. Pero nunca se ha demostrado nada importante. El puñado de tramposos que pillan roba una cantidad de dinero insignificante comparada con lo que se mueve en esa clase de eventos. ¿Qué tiene eso de especial?

–Hospedar el torneo es un gran reto para mi hotel. Como bien sabes, se ha celebrado en Tangiers durante los últimos veinte años. Para convencer a los organizadores de que apostaran por nosotros, he tenido que ofrecerles garantías de que cualquier persona que haga trampas será detenida y procesada, para que sirva de ejemplo.

–¿Y por qué estás tan seguro de que puedes hacer mejor el trabajo que Tangiers?

–Porque tengo uno de los mejores equipos de seguridad del negocio y los empleados más cualificados. Vamos más allá de las medidas habituales que usan la mayoría de los casinos.

–De todas maneras, no creo que sirva para mucho. No me parece posible impedir que la gente haga trampas.

–Este hotel estaba al borde de la quiebra cuando yo tomé el mando. Antes de eso, mi padre no se encontraba bien y la gente se aprovechó de ello. Nuestro mayor problema eran los timadores que estafaban al casino, sobre todo nuestros propios empleados. Yo invertí en la tecnología más puntera para impedirlo y, durante los últimos cinco años, nuestras pérdidas por trampas han bajado un ochenta por ciento.

–¿Entonces para qué me necesitas? –preguntó Annie, cruzándose de brazos.

Nate se quedó embobado mirando cómo los

pechos de ella se apretaban bajo sus brazos. Sus suaves y femeninas curvas eran únicas para incendiar su deseo.

–Porque sospecho que está en marcha una operación a gran escala, con caras nuevas y sin antecedentes. Pero tenemos que pillarlos. Si tenemos éxito, los organizadores me han garantizado un contrato de diez años con nuestro casino. Eso es algo con lo que mi abuelo ni habría soñado.

–¿Y qué? ¿Crees que sé quiénes están implicados?

–Creo que puedes tener tus sospechas –adivinó él–. Llevas varios años dentro de la comunidad de jugadores profesionales y debes de haber oído rumores –añadió, y la miró a los ojos–. También creo que puedes desenmascararlos, si tienes la… motivación adecuada.

Annie se levantó de un salto del sofá, nerviosa.

–No soy una chivata –se defendió. No pensaba arruinar su reputación delatando a sus colegas. Ni por el divorcio, ni por los encantos de un hombre tan guapo como Nate. El honor era lo primero en su profesión.

–Si lo hacemos bien, nadie tiene por qué saber que tú eres el topo.

–¿Cómo? Hay cámaras por todas partes. Lo más probable es que los estafadores cuenten con la ayuda de alguien de dentro, incluso con alguien de tu equipo de seguridad. ¿Acaso crees que no se

10

darán cuenta de que comparto información contigo?

–No tienen por qué saberlo.

Nate no le había revelado todo su plan. Annie era experta en póquer, pero él era un maestro del ajedrez y estaba tres movimientos por delante. Y ella odiaba que la manipularan.

–Explícamelo.

–No hay cámaras aquí dentro –señaló con una sonrisa.

Annie miró a su alrededor en el despacho y hacia el pasillo que daba a su suite. De veras esperaba que no hubiera cámaras, pues si no, alguien se habría puesto las botas con su noche de bodas.

–¿Y no les parecerá sospechoso que esté contigo en tu suite? Es un poco raro que me vea a solas con el director del casino, ¿no crees?

–¿Qué tiene de raro que pases tiempo con tu marido?

Annie se quedó helada. Deseaba con toda el alma que nadie supiera el error que había cometido al casarse con él. Su matrimonio había sido un secreto que solo había compartido con su hermana, Tessa, y su madre. Además, había terminado tan rápido que no había tenido tiempo de contárselo a nadie más.

–¿No crees que les puede parecer extraño que, de pronto, anunciemos que estamos casados? ¿Cómo vamos a explicar que hayamos vuelto juntos después de tres años?

–Les diremos la verdad –repuso él, encogiéndose de hombros–. Nos casamos hace tres años. No funcionó. Nos separamos. Tú volviste para el torneo y nos reconciliamos.

–Pero esa no es la verdad.

–Todas las mentiras tienen su parte de verdad –apuntó él–. Y no les daremos razón para dudar de nosotros –añadió con una amplia y seductora sonrisa.

¿A qué se refería con eso?, se preguntó ella, asustada.

–¿Es que… esperas que… nosotros…? –balbució Annie con la piel de gallina. De forma instintiva, se cruzó de brazos para protegerse.

–No –contestó él, riendo–. Solo será una farsa. Tendrás que quedarte conmigo en la suite. Comeremos juntos en público, nos mostraremos afectuosos. Incluso puede que tengas que aguantar algún beso. Así, nadie sospechará lo que nos traemos entre manos.

Annie se sonrojó al instante, como una adolescente. No era común en ella, pues había aprendido a camuflar sus sentimientos, algo que la había convertido en una excelente jugadora de póquer. Por alguna razón, Nate era la única persona capaz de traspasar su armadura de acero.

Al pensar en sus besos, recordó cómo solía darle vueltas la cabeza al estar entre sus brazos. Esos besos habían sido lo que la había convencido para que se casara con él. Por eso, no eran buena idea.

En realidad, era todo una idea muy mala. Espiar a sus colegas, fingir que estaba enamorada de

Nate… Era jugar con fuego. No sería un peón en la partida de ajedrez de su examante.

–¿Y si me niego?

Annie observó cómo su marido le daba un largo trago a su vaso y se cruzaba de brazos, apoyándose en el escritorio. Su caro traje gris resaltaba unos anchos hombros y un cuerpo de pecado. Él no parecía afectado en absoluto por la idea de besarla. Al parecer, era ella la única que padecía esa debilidad. Lo único que Nate quería era utilizarla para hacer que su prestigioso hotel fuera todavía más exitoso.

A pesar de todo, Annie no había olvidado por qué se había enamorado de él. Era todo lo que se suponía que buscaba en un hombre: fuerte, inteligente, guapo, alto, atento y muy rico. Lo malo era que no estaba acostumbrada a que nadie le dijera lo que podía o no hacer. Las expectativas de Nate habían sido más de lo que ella había podido soportar.

Las mujeres de la familia Baracas no eran expertas en quedarse con sus parejas. Su matrimonio, aunque había sido corto, fue el primero de varias generaciones de su familia. Magdala Baracas había enseñado a sus hijas que los hombres podían ser un buen entretenimiento al principio pero que, al final, causaban demasiados problemas.

En ese momento, al mirar a su marido, Annie estaba de acuerdo con su madre. Nate era irritante. Le había negado el divorcio durante tres años solo para fastidiarla. Ahora, se lo ponía en bandeja.

–Si no cooperas, no hay divorcio. Tan sencillo como eso –afirmó él, mirándola fijamente.

Incómoda, ella apartó la vista y suspiró, llena de frustración.

–Vamos, Nathan, sé honesto. No se trata del póquer. Lo que quieres es doblegarme y castigarme por haberte dejado. No puedo creerme que quieras estar casado conmigo después de todo lo que ha pasado.

Annie no tenía ni idea de si su andanada iba a servir a favor de su causa o en contra. Sin embargo, no pudo contener las palabras, tras tres años de silencio.

–Lamento que confundiéramos el deseo con el amor y nos metiéramos en este lío. Pero quiero cerrar este capítulo de mi vida y dejarlo atrás. No quiero más jueguecitos, por favor –añadió ella.

Nate dio un paso atrás con una sonrisa burlona en el rostro.

–¿Piensas que va a serte tan fácil? ¿Crees que solo con mirarme con tus enormes ojos azules vas a hacerme cambiar de idea?

Annie se puso tensa. Quería acabar con aquello cuanto antes. Y no quería volver a tener nunca más ni una sola razón para estar en la misma habitación que Nate. Era peligroso. Ella era demasiado vulnerable a sus encantos, por eso, cuanto más lejos estuvieran, mejor.

–¿Qué cobra tu abogado por hora, Annie? Si rechazas mi oferta, veremos quién se queda sin dinero primero.

Annie sabía que eso tenía todas las de perder, a pesar de sus fabulosas ganancias como jugadora profesional.

–Por favor, Nate –rogó ella, con la mirada baja–. No puedo cambiar lo que pasó entre nosotros en el pasado, pero no me obligues a poner en jaque mi futuro. Si alguien descubre que estoy espiando para ti, mi carrera habrá terminado. Seré la mujer más odiada del mundo del póquer.

Annie se quedó esperando, sin levantar la vista. No podía decir nada más. Había puesto sus cartas sobre la mesa, pero no tenía muchas esperanzas de conseguir nada con ello. Intuía que Nate se había propuesto vengarse y arruinarle la vida, bien en el juzgado o bien en la mesa de juego. Después de tres años, él la tenía donde quería.

–Estas son mis condiciones –afirmó él con voz fría–. ¿Quieres el divorcio o no?

Claro que lo quería. Pero…

–Es un chantaje.

Nate sonrió. Era obvio que estaba disfrutando al verla acorralada.

–No me gusta esa palabra. Prefiero llamarlo un acuerdo de mutuo beneficio. Yo capturo a los estafadores y me aseguro el torneo durante diez años. Tú consigues el divorcio sin arruinarte. Muy fácil.

Para Annie, no tenía nada de fácil.

–¿Por qué yo?

–Necesito a alguien de su mundo. Tú eres una excelente jugadora. Tienes muchas probabilidades de llegar a la final. Es perfecto.

No tan perfecto, pensó ella, y respiró hondo un momento. Quería desaparecer de allí cuando terminara el campeonato y no volver a ver a Nate nunca más. Aun así, el precio era alto. Tenía que espiar para él y, para colmo, fingir que estaban felizmente casados.

Pero el torneo solo duraría una semana. Si todo iba bien, podía jugar, darle a Nate un par de pistas y, con suerte, salir de allí como una mujer libre y soltera.

—¿Puedo confiar en que mantendrás tu palabra si cumplo mi parte del trato?

—Annie, sabes bien que soy de confianza —aseguró él, arqueando una ceja—. Si aceptas, llamaré a mi abogado y le diré que envíe los papeles.

No le quedaba elección, caviló ella, mirándolo a los ojos.

—De acuerdo, Nate. Trato hecho.

# Capítulo Dos

Annie se arrepintió de sus palabras en cuanto salieron de su boca, pero no podía echarse atrás.

Nate la observó con incredulidad. Se enderezó, mientras digería su victoria.

–Bien –dijo él al fin–. Me alegro de que seas razonable –añadió, dejando el vaso sobre la mesa–. ¿Te has registrado en el hotel?

Annie no se había molestado en hacerlo. Sabía que él enviaría a sus agentes de seguridad a echarla en cuanto fuera a entrar en su habitación.

–No, aún, no. Quería jugar un poco primero.

–De acuerdo. Llamaré para que traigan tu equipaje. Lo has dejado en recepción, ¿verdad?

Annie abrió la boca para protestar, aunque él ya había empezado a dar órdenes por teléfono.

A pesar de que tenía su casa en Henderson, Nate solía quedarse a dormir en el Sapphire cuando estaba trabajando, lo que ocurría siempre. Tal y como ella recordaba, su suite tenía cocina, salón y comedor… pero solo una cama.

Frunciendo el ceño, se reprendió a sí misma por no haber hablado de todos los detalles antes de cerrar el trato.

–¿Dónde voy a dormir?

–En el dormitorio –contestó él.

–¿Y tú? –insistió ella, incómoda. Debía dejar ese punto claro cuanto antes.

–No duermo nunca, ¿recuerdas? –replicó con una sonrisa.

Eso era casi verdad. Nate tenía la habilidad de sobrevivir con solo tres o cuatro horas de sueño al día.

–Necesitas una cama, de todas maneras.

–Nos preocuparemos por eso cuando llegue el momento –señaló con una sonrisa todavía más radiante.

Sin embargo, su sonrisa no bastaba para engatusarla. Él estaba evadiéndose del tema a propósito, adivinó Annie, y miró el reloj. Eran más de las siete. Aunque se acostara tarde, el momento llegaría antes o después.

–He aceptado tu plan porque no me has dado elección. Pero no voy a acostarme contigo.

–No había planeado seducirte –repuso él, arqueando las cejas. Entonces, se acercó a ella y la rodeó con los brazos.

Annie se echó hacia atrás en el sofá, incapaz de escapar. Mientras su aroma la envolvía, recordó que ese mismo olor había impregnado sus almohadas en esa misma suite. En aquel tiempo, Nate había tenido la habilidad de tocar su cuerpo como un experto músico tocaba un instrumento. Ningún hombre le había dado nunca tanto placer. La química entre ellos había sido explosiva.

Cuanto más cerca estaba Nate, más dudaba ella

que esa misma química se hubiera desvanecido con los años.

–Pero, si lo hiciera... –susurró él, mirándola de arriba abajo–. ¿Qué tendría de malo? No es un crimen acostarte con tu marido, Annie.

Al escucharle susurrar su nombre, Annie se sintió recorrida por una corriente eléctrica. Lo había dicho en el mismo tono bajo y sensual con el que solía decírselo al oído cuando hacían hecho el amor.

–Además, no recuerdo que tuvieras ninguna queja a ese respecto –continuó él.

Annie se pasó la lengua por el labio inferior. Después de todo ese tiempo, seguía deseando a Nate. No había duda.

–Eso fue hace mucho –consiguió decir ella, casi sin aliento.

–Ya veremos –repuso él, y se incorporó, rompiendo el hechizo de inmediato. Apartándose, le dio un último trago a su vaso y lo dejó sobre la mesa, dándole la espalda a Annie.

Parecía tan calmado y frío como si estuviera cerrando un trato de negocios, observó Annie. Entonces, lo comprendió. El objetivo de Nate no era solo capturar a los tramposos, había otras formas de lograr eso sin que tuvieran que fingir estar casados. Y sin que fuera necesario que él la tocara.

No, Nate quería hacerle pagar, adivinó ella. Estaba dispuesto a usar todas las armas de su arsenal, desde la seducción a la indiferencia, para asegurarse de que se sintiera incómoda y fuera de juego.

Conseguiría el divorcio, pero la próxima semana sería un infierno. Además, sus probabilidades de ganar el torneo acababan de esfumarse, pues su concentración se había hecho pedazos antes de empezar.

El sonido de la puerta del ascensor la sorprendió. Al levantar la vista, vio entrar a Gabe, el jefe de seguridad, que llevaba su equipaje.

Annie se levantó para acercarse a saludarlo, pero la mirada de Gabe la detuvo en seco. Aunque siempre había tenido una sonrisa y buenas palabras para ella, sus ojos se le clavaron como cuchillos acusadores. Tenía la mandíbula y el cuello tensos. Gabe parecía guardarle más rencor que el mismo Nate.

Sin decir palabra, el jefe de seguridad dejó caer el equipaje de ella junto a la mesa del comedor.

–Llámame si me necesitas, señor –le dijo a su jefe, sin dejar de mirar a Annie con dureza. Acto seguido, salió de la suite.

Annie nunca se había dado cuenta de lo protector que era Gabe con Nate. Aunque tenía razones para estar enfadado con ella, caviló, mordiéndose el labio.

Como amigo y jefe de seguridad, estaba claro que Gabe no aprobaba el plan de Nate de usarla para su operación encubierta. Sobre todo, desaprobaría el que vivieran juntos. Si era sincera, Annie tampoco estaba muy satisfecha con esa parte del plan.

Cuando giró la cabeza, se encontró con Nate

sonriendo. Era la primera sonrisa sincera que esbozaba desde que lo había visto. Y se debía, por supuesto, a la incomodidad de ella.

–No es uno de tus fans.

–Me he dado cuenta. Esperaba que no le hubieras hablado a nadie de nosotros. ¿Quién más lo sabe? ¿Debo tener cuidado por si las criadas me tiran flechas envenenadas?

Nate rio, meneando la cabeza.

–No, solo lo sabe Gabe. No iba a decírselo, pero encontró tu alianza.

La alianza. Annie lo había olvidado. La había dejado en la mesilla de noche antes de irse, pues no le había parecido bien llevársela.

Perpleja, vio que Nate se sacaba el anillo del dedo meñique y se lo tendía.

–Lo vas a necesitar. Para hacer tu papel.

Annie lo tomó de su mano y observó la joya. Era un anillo sencillo de platino, sin nada especial. Lo cierto era que los habían elegido con mucha prisa. En ese tiempo, lo único que ella quería había sido convertirse en la señora de Nathan Reed. ¿En qué diablos había estado pensando?

–¿Por qué lo llevabas puesto?

–Como recordatorio.

Annie comprendió que no se refería a nada sentimental. Más bien, debía de ser un recordatorio de lo mucho que la haría sufrir si ella volvía a caer en sus manos.

–¿Dónde está tu anillo?

–Guardado. No podía llevarlo y mantener, al

mismo tiempo, mi reputación como el soltero más codiciado de Las Vegas –repuso él con gesto de disgusto. Entonces, se acercó a un cajón y sacó una cajita de terciopelo.

–Ya. Estar casado podría interferir con tu vida social.

Nate levantó la vista, observándola un momento antes de ponerse su anillo en el dedo.

–No tengo vida social –admitió él, frunciendo el ceño–. Pensé que esa era una de las razones por las que me habías dejado.

–No, yo… –balbució ella. No quería hablar de por qué se había ido. Eso no cambiaría nada. Era agua pasada y, pronto, podrían seguir con sus vidas y dejar el pasado atrás. Bajando la vista, cerró la mano sobre la alianza que sujetaba en la palma.

–Ponte el anillo –ordenó él.

Con el pecho encogido, Annie pensó que prefería ponerse una soga alrededor del cuello. Al menos, eso mismo había sentido cuando se había despertado a la mañana siguiente de su boda. Entonces, había creído que habían sido los nervios típicos de una recién casada, pero se había equivocado. Enseguida, había comprendido que había cometido un gran error.

Annie intentó encontrar alguna excusa para no obedecer.

–Prefiero esperar a que lo limpien. Haz que lo pulan un poco.

Era una excusa tonta y ella lo sabía. ¿Qué más le daba ponerse un estúpido anillo? Sin embargo, cada vez se sentía con menos aire en los pulmones, más asfixiada.

Nate frunció el ceño y se acercó ella. Sin decir palabra, la agarró de la mano y, uno por uno, le fue separando los dedos que se cerraban sobre el anillo. Con firmeza, tomó la alianza y se dispuso a colocársela.

—¿Me permite, señora Reed?

Annie se quedó paralizada al escuchar su nombre de casada y ver cómo él le deslizaba el anillo en el dedo. El contacto cálido de su mano contrastaba con la frialdad de la joya. Aunque era de su tamaño, le apretaba demasiado. De pronto, sintió que la ropa también le apretaba. La habitación parecía estar quedándose sin aire…

Comenzó a darle vueltas la cabeza, mientras la visión se le nublaba. Quiso decirle a Nate que necesitaba sentarse, pero fue demasiado tarde.

Nate disfrutó al ver cómo Annie sufría hasta que se le quedaron los ojos en blanco. Al instante, él la recogió en sus brazos, impidiendo que cayera al suelo. La llevó al dormitorio y la dejó en la cama, con la cabeza en la almohada. Y se sentó a su lado.

No había podido quitarse a Annie de la cabeza desde el día en que lo había dejado. Si conseguía doblegarla antes de darle el divorcio, tal vez, podría sacarla de sus pensamientos para siempre. Si también lo ayudaba a capturar a los tramposos y catapultar el buen nombre del hotel, mejor que mejor. Además, resultaba tan fácil hacerla sufrir… Él sabía bien cuáles eran sus puntos débiles y había disfrutado presionándolos.

Al menos, hasta que se había desmayado.

Nate se inclinó para comprobar que respiraba con normalidad. Tenía los labios entreabiertos y su expresión de ansiedad se había relajado.

Sin poder evitarlo, le recorrió la mejilla con la punta del dedo. Su piel era tan suave como la recordaba, igual que la seda. Ella suspiró mientras la acariciaba.

Annie siempre daba una imagen fría ante el público. Ante los demás, parecía inmutable, muy distinta de la mujer apasionada que había compartido su cama, y de la que acababa de desmayarse solo por tener que ponerse el anillo.

Por otra parte, ella era capaz de despertar todo tipo de sentimientos en Nate. Rabia, celos, excitación, resentimiento, ansiedad… Estar con ella era como subirse a una montaña rusa emocional. Ninguna mujer le había afectado nunca tanto. Solo esperaba poder ocultar sus sentimientos delante de ella.

Cuando Annie lo dejó, su primera reacción fue sentirse confuso y furioso. Sus peores miedos se habían hecho realidad. Fue como si su madre hubiera vuelto a abandonarlo. Él había sido testigo de cómo su padre se había hundido por el dolor. Para no dejar que Annie hiciera lo mismo con él, había canalizado su rabia en construir el mejor casino de Las Vegas y en diseñar un plan maestro para vengarse.

Sí, tal vez, se habían casado de forma apresurada. Sí, quizá solo habían tenido una química fabulosa en común. Pero su matrimonio terminaría cuando él lo decidiera y no antes. Ella había violado sus votos cuando lo había abandonado. Y, ya que la tenía bajo su poder, le haría pagar por ello.

Sin embargo, cuando Nate posó los ojos en aquella mujer hermosa y excitante… su mujer, empezó a preguntarse si su plan había sido un error. Su deseo de venganza había cedido, dejando paso a otro deseo mayor, el de poseerla.

Con un gemido, Annie abrió los ojos poco a poco. Miró a su alrededor con gesto confuso, antes de cruzar su mirada con la de él.

–¿Qué ha pasado?

–Te has desmayado. Parece que solo pensar en que la gente sepa que estás casada conmigo te resulta insoportable –comentó él.

–¿Qué estoy…? –balbució ella, mirando de nuevo a su alrededor con el ceño fruncido–. ¿Por qué estoy tumbada en tu dormitorio?

Nate sonrió.

–Nuestro dormitorio, cariño. Como un caballero, te he traído aquí cuando te has desmayado.

Annie se incorporó. Despacio, se sentó y sacó los pies de la cama. Se puso la falda y la blusa. En cuestión de segundos, recuperó la fachada impasible y la mirada dura, adoptando su pose de jugadora de póquer.

Acto seguido, salió del dormitorio y regresó con sus dos maletas.

—¿Dónde pongo mis cosas?

—Puedes colgarlas aquí —indicó él, abriendo la puerta del armario. Si necesitas más sitio, aparta mis cosas a un lado.

Tensa, Annie pasó de largo hacia el armario. Abrió las maletas y fue sacando sus prendas una por una con movimientos metódicos.

—Si no te hace falta nada más, estaré abajo. Nos vemos para cenar en el Carolina a las ocho y media. Prepárate para nuestra primera aparición pública como marido y mujer.

Una vez abajo, se dirigió a uno de los salones del casino, donde había quedado con Gabe y Jerry Moore, el encargado de la sala de juegos, para que le informaran de las actividades del día.

Cuando llegó, sus empleados lo estaban esperando. Gabe le informó de todos los incidentes que debía conocer, le dio los últimos códigos de seguridad y la llave para Annie. Jerry se tomó su tiempo en contarle los últimos preparativos del torneo.

El torneo de póquer no era un evento fácil de organizar. Agradecido por tener en qué entretenerse, Nate se concentró en los detalles, mientras le daba un trago a su gin tonic. Una parte del casino ya estaba lista con las mesas para las partidas. El cóctel de bienvenida también estaba bajo control.

Patricia, la encargada de relaciones públicas, estaba en contacto con los patrocinadores. Todo parecía en orden.

Sus esfuerzos estaban dando fruto, pensó Nate, satisfecho. Había luchado mucho para sacar el hotel adelante y los empleados que había contratado parecían inspirados para hacer del Desert Sapphire el hotel y casino de más éxito de Las Vegas. Su abuelo estaría orgulloso de lo que había logrado.

–¿Qué tal va el acuerdo con Annie? –preguntó Gabe, sacando a Nate de sus pensamientos. Por su tono de voz, era obvio que no aprobaba el plan.

–Creo que, con su ayuda, tenemos muchas probabilidades de cazar a los tramposos y asegurarnos el torneo durante diez años.

Jerry asintió con aprobación. Llevaba treinta años trabajando en el casino, desde que el abuelo de Nate lo había fundado. Después de haber sufrido un ataque al corazón y haberse pasado diez años de baja, había regresado para ayudar al nieto de su mejor amigo.

–Recuérdame otra vez la historia que vamos a contar –pidió Jerry, pasándose una mano arrugada por la coronilla–. Cuando la gente me pregunte, quiero estar seguro de qué responder.

–Annie y yo nos casamos hace un par de años, pero no funcionó. Ella ha vuelto para el torneo y nos hemos reconciliado. Yo lo dejaría así. Si damos demasiados detalles, podemos meter la pata.

Entonces, llamaron a Jerry por radio.

–Me necesitan en la sala de juegos –dijo.

Nate lo despidió y, después, posó la vista en Gabe. Era obvio que su jefe de seguridad se estaba mordiendo la lengua mientras miraba la alianza de platino que él acababa de ponerse.

–Dilo, Gabe.

–Esto no me gusta –admitió, meneando la cabeza–. No confío en ella. ¿Cómo sabes que no es amiga de alguno de los tramposos? Igual los pones sobre aviso. No tenemos ni idea de dónde reside su lealtad. Diablos, podría ser una de ellas.

Nate lo dudaba.

–Quiere el divorcio. Su lealtad hacia sí misma estará por encima de todo lo demás.

–Entiendo por qué esto es importante para el hotel. Pero ¿por qué ella?

–¿Por qué no utilizar a Annie? Me debe mucho. Si puedo hacerla sufrir y darle una lección, mucho mejor. Una vez que termine el torneo, la dejaré irse y no volveré a pensar en ella.

–Dices que esa mujer no te importa, entonces... ¿por qué estás poniendo tanto esfuerzo y tiempo en esto?

–Me merezco el derecho a resarcirme, ¿no?

–Claro. Ella se merece todo el sufrimiento que quieras causarle. Lo que me preocupa es que esto no acabe bien.

Nate apreciaba la preocupación de Gabe, aunque le gustaría que su amigo tuviera más fe en él.

–Todo irá según lo planeado. Cazaremos a esos tramposos, Annie pagará por sus irresponsabilidad y, al fin, quedaremos en paz.

–He visto cómo la miras, Nate. Sigues sintiéndote atraído por ella. Puede que no sea amor, pero lo que hay entre vosotros es lo bastante fuerte como para que, tras unos pocos días, volváis a escaparos juntos –opinó Gabe, y se inclinó hacia él–. Ella es tu talón de Aquiles, ¿qué crees que pasará cuando viváis tan cerca durante una semana?

–No va a pasar nada. He aprendido la lección. Te lo aseguro.

# Capítulo Tres

Después de que Nate se hubo ido, Annie terminó de deshacer la maleta y se quedó sin saber qué hacer. Su día había tomado un giro inesperado y estaba demasiado nerviosa para descansar. Por no hablar de su libido que, como siempre, se había despertado al estar con él.

Faltaba una hora para la cena, así que decidió darse una ducha caliente y cambiarse de ropa.

Cuando entró en el restaurante eran las ocho en punto. El romántico asador era la joya de los restaurantes del hotel. Siempre tenía una larga lista de espera para parejas que querían celebrar aniversarios. Nate y ella había comido allí solo una vez antes. Había sido allí, bajo la luz de las velas y con la música lenta y sensual, donde les había surgido la idea de casarse.

Nate, siempre puntual, estaba esperándola en una mesa. Estaba ocupado con su agenda electrónica, escribiendo algo con la punta del dedo. Annie se quedó un momento observándolo mientras estaba distraído. Él rio mirando la pantalla.

Annie nunca le había contado la verdad a Nate, pero se había sentido consumida por completo por su atracción hacia él. En parte, seguía queriéndolo. Sin embargo, eso no cambiaba su decisión. Habían pasado demasiadas cosas.

Quizá era su sangre de gitana errante la que no le dejaba sentar la cabeza. Tal vez era por su carácter independiente, que le impedía dejar que un hombre la controlara. No lo sabía, pero la primera vez que Nate había puesto reparos a que viajara a un campeonato, la relación le había empezado a parecer asfixiante.

Nate se metió el teléfono en el bolsillo y se miró el reloj con gesto impaciente. En esa ocasión, no podía huir si quería recuperar su libertad para siempre, pensó Annie. Era hora de comportarse como su mujer ante la multitud, se dijo, y tomó aliento, preparándose para la actuación.

–Hola, guapo –saludó ella en voz alta para que la gente que había a su alrededor la oyera. Antes de que él pudiera reaccionar, le posó una mano en la nuca y le dio un beso en la boca.

Aunque había tenido la intención de darle un suave y fugaz beso nada más, cuando sus labios se tocaron, algo más fuerte tomó el control de sus actos. Era la misma sensación que, en el pasado, había sido su perdición. Una poderosa corriente sexual la recorrió, despertando sus sentidos tras haberse pasado años dormidos.

En cuanto a Nate, cuando la sorpresa inicial cedió, hizo también su parte, abrazándola con fuerza. Su boca se adaptaba a la perfección a la de ella, igual que sus cuerpos habían encajado como si hubieran estado hechos el uno para el otro…

31

Ese pensamiento hizo que Annie se apartara de golpe, empujándolo con suavidad de las solapas de su traje de Armani. No estaban hechos el uno para el otro. Lo suyo era mera atracción física, nada más, se recordó a sí misma.

–Hola –saludó él, sin soltarla del todo, mirándola con curiosidad.

–Hola –respondió ella en un jadeante susurro. Por nada del mundo quería que él supiera cuánto la afectaba, por eso, recuperó la compostura al instante para convencerle de que era solo una farsa–. ¿He sido lo bastante convincente?

Frunciendo el ceño, Nate la observó un momento, antes de soltarla.

–Sí. Veo que te has tomado en serio tu papel.

–Me muero de hambre –dijo ella con una sonrisa, cambiando de tema.

–Me alegro. Le he dicho a Leo que nos prepare una mesa muy romántica y muy visible –indicó él, mientras pasaban por delante de los clientes que esperaban ser sentados.

–Buenas noches, señor Reed. La señora Reed y usted tienen su mesa preparada –señaló Leo, el *maître*, al acercarse a ellos.

Acto seguido, Leo los acompañó a una mesa para dos iluminada con velas en el centro del comedor.

–Disfruten de su cena y felicidades a ambos –dijo el *maître*, les entregó las cartas y los dejó solos.

De pronto, Annie sintió el peso repentino de

estar a solas con Nate en un escenario tan romántico. Además, al parecer, él había hecho correr la noticia de que estaban casados. Leo lo sabía y, pronto, se esparciría a los cuatro vientos.

Nate le tomó la mano sobre la mesa. Esforzándose para no apartarse de un respingo, ella se inclinó hacia él.

–¿Sabes? Lo has hecho muy bien. Hasta me has engañado a mí por un momento –comenzó a decir él con voz suave como terciopelo–. Así no me siento tan mal por haberte creído hace años. A veces, olvido que eres una mentirosa profesional.

Annie intentó zafarse de su mano, pero la estaba agarrando con demasiada fuerza.

–Necesitas hacerte la manicura –le susurró él al oído, ignorando su protesta.

Ella fingió una sonrisa.

–Bueno, es difícil llevar al día esos detalles, cuando siempre estás de un lado para otro, como yo.

–Ya lo creo –afirmó él, clavándole su mirada heladora. Al mismo tiempo, con el resto de su lenguaje corporal, seguía fingiendo ser un enamorado. Ella no era la única buena en fingir–. Esta noche haré que Julia vaya a la suite. Trabaja en el salón de belleza del hotel.

–No será necesario. Iré yo a verla. Cuanto menos tiempo pase en la suite, mejor.

–Tendrás que dormir en esa cama antes o después –observó él con una sonrisa.

–No, si tú estás en ella.

La camarera los interrumpió en ese momento, colocando una cesta con pan caliente y mantequilla sobre la mesa.

–Buenas noches, señor y señora Reed –saludó la joven con una sonrisa.

Al parecer, todo el mundo estaba muy contento con la noticia, pensó Annie, sin prestar mucha atención a los platos del día. Nate no le había quitado los ojos de encima y, aunque en el pasado su mirada la había hecho estremecer de deseo, en ese momento, no le producía más que escalofríos. Él la estudiaba como si fuera otro jugador en una mesa de póquer: analizaba sus debilidades, juzgaba sus reacciones.

Y a ella no le gustaba.

–Champán. Esta noche estamos de celebración.

–¿Champán? –repitió Annie cuando la camarera se hubo ido–. Sabes que no bebo.

Nate respiró hondo, esforzándose por no dejar de fingir adoración.

–Sonríe, cariño. Esta noche, sí beberás. Tenemos que celebrar nuestra reconciliación. La gente normal pide champán en estas ocasiones.

–No bebía champán cuando estábamos casados. ¿Por qué voy a hacerlo ahora?

–Porque quieres el divorcio –repuso él en voz baja–. ¿O no?

–Más que nada –admitió con una falsa sonrisa.

La camarera regresó con una botella de champán y dos copas de cristal. Se las llenó y dejó la botella enfriándose en un cubo con hielo.

–Por nuestro matrimonio –brindó él, chocando su copa con la de ella.

–Y por su pronta disolución –añadió ella, llevándose el vaso a los labios. El líquido dorado le inundó la boca de un sabor dulce y agradable. Le cayó en el estómago vacío y comenzó a extendérsele por el cuerpo–. Mmm… –dijo, tomando otro trago.

Nate la observó con desconfianza, su copa intacta en la mano.

–¿Te gusta?

–Sí –afirmó Annie con una sonrisa que apenas tuvo que forzar. Llevaba todo el día muy tensa pero, de pronto, estaba empezándose a sentir relajada, como un gato tumbado al sol.

Annie pidió más comida que de costumbre, pues estaba muy hambrienta. Encargó un filete envuelto en beicon y gambas con patatas al ajillo, mientras Nate la miraba con atención. De postre, encargó crema *brûlée*, una famosa especialidad del Carolina.

La camarera le ofreció rellenarle la copa después de tomar los pedidos y Annie aceptó encantada.

–¿Qué clase de champán es? Sabe mejor de lo que esperaba.

–Francés. Muy caro –contestó Nate con el ceño fruncido. Lo cierto era que estaba molesto porque su demostración de poder al pedir alcohol no estuviera saliendo como había previsto.

–Bien –señaló ella con una risita, y le dio otro trago a las burbujitas francesas.

En una ocasión, ella le había contado a Nate que no le gustaba beber porque se le subía a la cabeza con facilidad. Además, no había comido desde que había hecho escala en Dallas.

Annie pensó en comer un pedazo de pan para suavizar el efecto del champán, pero se contuvo. No le importaba estar borracha. Quería que él comprobara el gran error que había cometido al insistir en que bebiera.

Estuvieron unos minutos en silencio, mientras ella comía con apetito, apuraba una segunda copa y se servía una tercera.

Annie sabía que debería parar, pero no quería hacerlo. No podía simular ser feliz mientras se le encogía el corazón cada vez que él la miraba. Era demasiado doloroso. Las cosas no había terminado bien entre ellos y ella lo sentía, pero no podía cambiar el pasado. Había tenido una buena razón para abandonarlo y haberse mantenido alejada tantos años.

Aun así, Annie tenía una responsabilidad que cumplir, así que se quitó una sandalia y acarició la pierna de su acompañante con el pie desnudo.

Nate dio un salto en su asiento y se golpeó las rodillas en la mesa, haciendo que temblaran las copas. Eso hizo que varias personas se volvieran a mirarlos.

Ignorando su mirada asesina, Annie tomó otro trago de champán.

–Dijiste que teníamos que ser convincentes, cariño –comentó ella con una sonrisa, acariciándole las pantorrillas con los dedos de los pies–. Además, los dos sabemos que siempre pierdo la compostura cuando estoy a tu lado.

Nate no podía quejarse. Al menos, ella había cumplido su parte del trato. Durante la cena, lo había mirado con adoración, le había metido trocitos de comida en la boca y lo había besado en más de una ocasión. Cualquiera que los hubiera estado observando pensaría que estaban enamorados.

La verdad era que ella estaba borracha. Él miró debajo de la mesa para confirmar sus temores. Annie se había puesto tacones altísimos de aguja. No iba a poder salir andando del restaurante con ese calzado de ninguna de las maneras.

Nate echó un rápido vistazo a la sala. Se habían quedado hasta tarde y la mayoría de los comensales se había ido ya. Además, era jueves, un día en que el Sapphire no tenía tanto público como los fines de semana. Si ella había decidido dejarlo en ridículo, había elegido el día equivocado.

Después de pagar y dejar una generosa propina, Nate suspiró, mirando a Annie.

–¿Has terminado?

–Sí. Aunque no sé si voy a poder andar.

Nate se levantó de inmediato para ayudarla. Ella se puso en pie demasiado deprisa y casi perdió el equilibrio, si no fuera porque se agarró al brazo de él como a un salvavidas.

–¿Por qué no…?

–No. Puedo sola –aseguró ella, concentrándose en no caerse. Con paso inseguro, caminó hacia la salida, hasta que tropezó y acabó encima del *maître*.

–Vaya –dijo ella, riendo, y se quitó los zapatos–. Así mucho mejor –añadió, posando los pies en la alfombra.

–¿Qué haces? No puedes ir por ahí descalza.

Annie rio, empezando a caminar.

–Conozco al dueño. A él no le importa.

–Pero no es seguro. Puedes clavarte algo. Además, el suelo podría estar sucio.

–Eres un refunfuñón, Nathan –le espetó ella, poniéndose en jarras. Arrugando la nariz, le sacó la lengua.

Nate se quedó perplejo. Nadie podría creer que la mujer de hielo del póquer estuviera borracha y comportándose como una tonta, aunque fuera muy hermosa. Era algo sin precedentes.

Sin poder contenerse, rompió a reír. La mezcla de frustración, confusión y decepción que había estado acumulando en los últimos tres años tomó forma en su pecho en forma de carcajadas. Rio y rio, hasta saltársele las lágrimas.

Al mirar a Annie, se dio cuenta de que su reacción la irritaba, pero la expresión de ella no hacía más que alimentar su risa. Limpiándose los ojos con la mano, se dijo que aquello era lo más terapéutico que había hecho en mucho tiempo.

Si ella quería hacer una escena en el casino, de

acuerdo, pero él no pensaba convertirse en el hazmerreír de todo el mundo al día siguiente. En un rápido movimiento, se agachó y tomó a Annie en sus brazos para echársela al hombro como un saco de patatas.

–¿Qué…? –gritó ella, sorprendida.

Nate atravesó de esa guisa el casino, agarrándole con fuerza las piernas para contener sus patadas. Con los puños, Annie le daba golpes en la espalda, pero no tenía suficiente fuerza para hacerle daño.

–¡Bájame, Nathan Reed! Bájame de inmediato.

Nate rio, ignorándola, y siguió atravesando el casino, como si llevara una alfombra al hombro y no a su mujer.

–¡Nathan!

–Solo consigues llamar más la atención con tus gritos, Annie.

Entonces, ella se calló de golpe, aunque continuó intentando darle patadas. Nate miró hacia una de las cámaras que había en el techo. Sin duda, Gabe los estaría viendo y estaría partiéndose de risa. Tenía que guardar aquella cinta para la posteridad. O para hacerle chantaje a Annie.

Cuando llegaron a la zona de acceso restringido, ella aprovechó para volver a gritar.

–¡Bájame!

–No –negó él, agarrándole las piernas con más fuerza, y llamó al ascensor. Le gustaba la sensación de tenerla entre sus brazos, aunque no fuera en las mejores circunstancias. El cálido aroma de su perfume pronto le impregnó las venas y no pudo resistir la tentación de acariciarle los muslos con suavidad.

Una vez dentro del ascensor, Nate la soltó despacio. Ella se agarró a su cuello para no caerse, mientras sus cuerpos se pegaran uno al otro con una deliciosa fricción.

Cuando, al fin, Annie se puso de pie en el suelo, lo miró a los ojos, furiosa.

–Cerdo –le espetó ella, y levantó la mano con su bolso para golpearlo. Cuando él la agarró de la muñeca para impedírselo, su irritación no hizo más que crecer–. ¿Cómo te atreves a tratarme así? Yo… yo… no soy una de tus empleadas. ¡A mí no puedes traerme y llevarme a voluntad! Yo…

Nate la interrumpió con un beso. No quería dejar que sus palabras furiosas echaran a perder el momento. Annie se resistió solo unos segundos, antes de sucumbir agarrarse a su cuello. Fue un beso intenso, casi desesperado. El primer beso real que ambos experimentaban en tres años.

Él la sujetó en sus brazos, apoyándola en la pared del ascensor. Su excitación no hacía más que crecer, mientras ambos se recorrían frenéticamente con las manos, devorándose las bocas.

Nate había esperado tres años para tocar el cuerpo de Annie y, al fin, lo estaba haciendo.

Cuando él le acarició los pechos por encima del tejido de seda del vestido, ella gimió, arqueándose hacia él.

–Oh, Nate.

El ascensor paró y las puertas se abrieron. Nate sabía que debía soltarla. Pero no pudo. Le acarició la mandíbula con suavidad, disfrutando de su suavidad. Ella tenía los ojos cerrados y los labios entreabiertos. Su cuerpo estaba relajado, entregado.

Entonces, Annie lo miró. En sus ojos azules brillaba una invitación. A pesar de sus anteriores protestas, el champán parecía haberle hecho cambiar de idea.

También Nate había cambiado de idea. Al margen de lo que hubiera pasado en su matrimonio, los momentos que habían pasado en la cama siempre habían sido excelentes. Y él ansiaba repetirlo.

Pero, si salía del ascensor con ella, acabarían ambos desnudos en su cama. Y eso era justo lo que le había dicho a Gabe que nunca haría.

¿En qué diablos estaba pensando?, se reprendió a sí mismo.

—Buenas noches, Annie —se despidió él, la soltó y le dio un suave y firme empujón para que entrara en la suite. Acto seguido, apretó el botón del cierre del ascensor y regresó al casino.

De esa manera, los dos se quedaron excitados y solos.

# *Capítulo Cuatro*

Annie se despertó a la mañana siguiente con el sonido de la ducha. Cuando se incorporó en la cama, comprobó que las sábanas en el lado de Nate estaban intactas. Debía de haber dormido en el sofá.

La había besado con tanta pasión que había creído que seguía sintiéndose atraído por ella. Sin embargo, cuando al llegar a su suite, la había mirado con rostro impasible y la había dejado sola, había comprendido que no era así. Nate la odiaba. Iba a hacer todo lo que estuviera en su mano para hacerla sentir desgraciada, incluso excitarla para luego dejarla tirada. Su único objetivo era torturarla. Era un plan macabro y, aunque ella sabía que se lo merecía en parte por haberlo abandonado sin decir palabra, no pensaba quedarse de brazos cruzados.

Si Nate creía que podía usar la química que había entre ellos para manipularla, estaba muy equivocado. Si él la había deseado en el pasado, podía hacer que volviera a desearla. Seducir y manipular a los hombres era parte de su estrategia en el póquer. Por eso solía llevar blusas con escote y faldas ceñidas a los campeonatos. El póquer requería concentración y ella había aprendido que ser atractiva era una de sus mayores ventajas en un juego dominado por el género masculino.

Annie oyó cómo se cerraba el grifo y se abrían las puertas de la ducha. Deprisa, se atusó el pelo, deseando llevar un pijama más sexy. Se tapó con las sábanas, para que no se le vieran los pantalones cortos de algodón y dejando solo al descubierto una diminuta camisola de tirantes.

Al momento, Nate salió del baño envuelto en una toalla azul por la cintura. Tenía los rizos rubios del pelo mojados y la cara recién afeitada. Ella intentó concentrarse en resultar atractiva, pero era difícil cuando se estaba delante de un cuerpo así. Ese hombre era todo músculos.

Nate se detuvo, posó los ojos un momento en el escote de la camisola de Annie y levantó la vista.

—Me alegro de que te hayas despertado. Tienes que prepararte. Gabe vendrá dentro de una hora para ponerte al día de nuestra estrategia.

—¿Estrategia? —preguntó ella con el ceño fruncido, abandonando sus intentos de atraerlo.

—Para que hagas de topo.

El campeonato comenzaba al día siguiente de forma oficial, pero todo el mundo empezaría a llegar ese día para asistir al coctel de bienvenida.

—De acuerdo —aceptó ella con un suspiro—. Siempre que me prometas mantener a Gabe a raya. Soportar su desprecio no es parte del trato.

Asintiendo, Nate desapareció en el armario.

—Haré lo que pueda —repuso él y salió de nuevo

con una camisa de rayas azules y un traje azul en la mano. Los dejó sobre la cama y volvió al baño. En el camino, la toalla se le cayó de la cintura, dejando al descubierto su apretado trasero.

Annie apartó la vista de inmediato y respiró hondo, intentando calmar su deseo. La atracción que sentía por él no era nada conveniente. Necesitaba despejarse cuanto antes, pensó, mientras salía despacio del dormitorio. Si él iba a pasearse desnudo, era mejor que ella fuera a por café a la cocina.

Cuando estaba sentada delante del mostrador de granito, tomando sus primeros tragos de café, Nate entró en la cocina, vestido y guapo como siempre.

–¿Qué tienes previsto para hoy? –preguntó él, tras servirse una taza.

Annie frunció el ceño. No le gustaba tener que informarle de todos sus movimientos.

–No lo sé todavía. ¿Tenemos que hacer algo?

–No creo. Después de la reunión con Gabe, tendrás toda la tarde libre, hasta el cóctel de bienvenida. ¿Tienes vestido para la fiesta?

Ella arqueó una ceja. Sí, tenía un vestido. De hecho, tenía dos. Al principio, había pensado ponerse el más elegante y recatado de los dos, pero como castigo por su comportamiento de la noche anterior, iba a llevar el más sexy y escandaloso. Si su plan tenía éxito, sería él quien dormiría perseguido por cientos de fantasías frustradas.

–Sí –fue lo único que Annie respondió.

–Bien. La mayoría de los jugadores llegan hoy.

Quizá, esta tarde puedas empezar a mezclarte con ellos y hacer algunas averiguaciones.

Annie odiaba convertir sus relaciones sociales en una caza de brujas.

–Mi hermana viene hoy. Creo que cenaré con ella y te veré en la fiesta.

–Olvidé que tenías una hermana. ¿Cómo se llamaba?

–Tessa. También juega en el campeonato.

–Bien. Me gustará conocerla al fin.

Annie dio un largo trago de café, esforzándose para no atragantarse.

–Sí, bueno. Tendré que hablar con ella antes de que hagamos las presentaciones formales.

–No vas a contarle nuestro plan, ¿verdad?

–No, pero mi hermana no va a tragarse tan fácilmente que estemos juntos. La fobia al compromiso es parte de nuestros genes familiares.

–¿No aprueba que estemos juntos?

–No lo hizo en un principio. Sobre todo, cuando me fui, me lo restregó por la cara. No dudo que va a echarme una buena reprimenda por haber vuelto contigo.

–¿Y qué pensaba tu madre de nosotros?

–Provengo de una larga línea de mujeres desconfiadas e independientes –explicó ella.

–Ah –dijo él–. No les gusta hablar de nuestro matrimonio.

–No creo –admitió ella–. Por otra parte, no estamos tan unidas. Hace años que no veo a mi madre. Ahora vive en Brasil –añadió.

Annie, al menos, intentaba viajar con un propósito y había elegido una profesión que encajaba con su alma inquieta. Tenía un piso en Miami que usaba como base de operaciones entre los campeonatos. Su madre, sin embargo, vagaba de un lado a otro según soplara el viento. Ella la había visto solo cuatro veces en diez años.

–¿Tú te llevas bien con tu familia? –quiso saber Annie.

–Depende de lo que consideres llevarse bien –replicó él, riendo–. Siempre había estado muy unido a mi padre y a mi abuelo hasta que mi abuelo murió. Entonces, mi padre se compró un rancho en Texas. Hasta entonces, casi toda mi familia vivía en Las Vegas. Los Reed llevan aquí desde 1964, cuando mi abuelo decidió mudarse desde Los Ángeles y abrir un hotel.

La madre de Annie, sin embargo, probablemente había olvidado dónde estaba en 1964.

–Todo un legado familiar.

–Sí –afirmó él, sonriendo con orgullo–. Me alegro de haber podido sacar adelante al Sapphire. Crecí corriendo por sus pasillos y haciendo los deberes en el despacho de mi padre. Cuando heredé el hotel, sabía que era importante mantener vivo el sueño de mi abuelo.

–¿Y tu madre?

La sonrisa de Nate se desvaneció.

–No la he visto desde que tengo doce años –contestó él con tono frío–. Se cansó de la vida en el casino y desapareció una noche.

Annie sintió el aguijón de la culpa. A pesar del desapego que Nate fingía, intuyó que era un tema doloroso para él. No era de extrañar que estuviera empeñado en castigarla por haberlo dejado.

–No lo sabía –comentó ella. Aunque tampoco estaba segura de que, si hubiera sabido lo de su madre, hubiera actuado de forma diferente.

–¿Cómo ibas a saberlo? Nunca te hablé de ello.

–Lo sé, pero… –balbució ella–. Siento haberte dejado igual que ella. Fui una cobarde por no hablarte de la ansiedad que sentía. Si hubiera sabido lo de tu madre, yo…

–No –le interrumpió él con la mandíbula tensa–. No me trates como si fuera un pobre niño traumatizado, porque no lo soy. No me hiciste ningún daño, Annie. No te lo habría permitido.

Entonces, Nate le volvió la espalda y se miró el reloj.

–Ve a vestirte. Gabe está a punto de llegar.


Gabe y Annie se miraban el uno al otro como si fueran enemigos mortales.

–Estamos en el mismo equipo –les recordó él.

Sus palabras no sirvieron para calmar la tensión que latía en los hombros de Gabe. Sospechaba de Annie y nada que su jefe pudiera decirle cambiaría eso. A Gabe se le daba bien adivinar cómo eran las personas. Por eso, esperaba que sus sospechas sobre Annie fueran solo a causa de cómo ella había actuado con él hacia años, y nada más. Aunque no había manera de tener seguridad sobre Annie. Era una extraña. Su esposa, su antigua amante, pero una extraña después de todo.

Gabe abrió su carpeta y sacó sus papeles.

–He estado haciendo algunas investigaciones. Aquí tengo una lista de posibles sospechosos –indicó el jefe de seguridad, y le tendió a Annie una lista con diez o doce nombres–. Yo empezaría por estos.

Nate observó cómo Annie revisaba la lista, sin que su rostro delatara lo que pensaba. Esa mujer tenía una de las mejores caras de póquer del mundo.

–Si tuviera que apostar por uno, sería Eddie Walker –opinó Gabe–. Aunque es un tipo muy escurridizo.

Annie asintió, sin ofrecer ninguna información adicional. Nate estaba seguro de que ella tenía que haber oído algo acerca de Walker. Era un jugador conocido por haber sido sorprendido haciendo trampas en varias ocasiones. No parecía muy inteligente pero, al parecer, era un tipo dotado para el timo. O, tal vez, tenía un cómplice que era el cerebro de sus operaciones fraudulentas.

–Puedes tachar a Mike Stewart directamente –señaló ella con rostro inmutable–. Y a Bob Cooke.

–¿Cómo puedes estar tan segura? –quiso saber Gabe.

Annie le lanzó una mirada letal.

–Me habéis metido en esto porque conozco a los jugadores. Si contradices todo lo que digo, no tiene sentido. Te estoy diciendo que no son tramposos.

–Yo no te he metido en esto, ha sido Nate. Personalmente, no creo que podamos confiar en ti. Aseguras que son legales, pero no tenemos forma de saber si solo lo dices para proteger a tus amigos o cómplices –la acusó Gabe.

Annie suspiró, meneando la cabeza.

–No son mis amigos, ni mis cómplices. Para que lo sepas, Mike es un pervertido que engaña a su mujer. Intenta ligar conmigo en todos los campeonatos, incluso cuando ella lo acompaña. Pero no hace trampas en el póquer. Bob es bipolar y sus jugadas dependen de si ha tomado la medicación o no. Revisa tus fuentes de información –le espetó ella, devolviéndole la lista.

–¿Y qué dices de Jason Devris?

–Jason ganó el campeonato hace dos años y suele llegar siempre a la final.

–¿Y? –preguntó Gabe.

–Y no necesita ayuda –explicó ella–. Estamos buscando a alguien que suele sacar buenos resultados de forma repentina, o que no juega bien de manera habitual. Si son listos, los tramposos no se llevarán el gran premio. Sería demasiado obvio. Necesitamos encontrar a un jugador discreto, alguien que se conformaría con el octavo lugar en la final. Estos tipos no son tontos, si no, los habrían capturado ya.

Nate arqueó las cejas al escucharla. Sin duda, había sido buena idea ficharla en su equipo.

–Quiero que lleves un micrófono –dijo Gabe, que no parecía tan impresionado.

Hasta a Nate le sorprendió su petición. Gabe nunca le había hablado de eso antes. Y él sabía que aquella no era buena manera de manejar a una mujer como Annie.

–De eso nada –repuso ella, cruzándose de brazos con gesto desafiante.

–No confío en ella –le dijo Gabe a Nate, sin importarle que Annie estuviera delante–. Crees que es la única manera, pero no estoy de acuerdo. Si insistes en contar con ella, la única forma de estar seguros de que no nos engaña es que lleve un micrófono oculto.

–Ni lo sueñes. Eso no era parte del trato.

Nate levantó las manos para calmar los ánimos.

–Vamos a hablarlo, Annie. Sé que no te gusta, pero puede que llevar un micrófono sea buena idea, por otras razones distintas de las que sugiere Gabe. No tendrías que esforzarte en recordar todo lo que te dice la gente. Quien esté escuchando las conversaciones podría tomar notas e investigar a los jugadores mientras tú estás en la mesa de juegos.

–Algunos pueden ser peligrosos. Una cosa es que sospechen de mí y otra es que descubran que llevo micrófono. No sabes de lo que son capaces.

–Estarás rodeada de miembros del equipo de seguridad todo el tiempo. No vas a correr peligro. Las grabaciones de audio nos pueden servir como pruebas para encerrar a alguien. Por cómo están colocadas las cámaras de seguridad, es muy difícil capturar a un tramposo profesional. Tener cintas de audio podría ser la clave –continuó Nate, tratando de convencerla. No quería presionarla demasiado, pues sabía que, si lo hacía, Annie acabaría negándose a colaborar y eso no los llevaría a ninguna parte–. Puedo garantizar tu seguridad. No dejaré que nadie te haga daño, Annie. Te lo prometo.

Cuando ella lo miró a los ojos, supo que Nate hablaba en serio. Él quería castigarla por lo que le había hecho, pero no iba a dejar que nadie más le tocara un pelo de la cabeza.

Eso la calmó un poco y, tras un momento, asintió, apartando la vista.

–De acuerdo –dijo ella, sintiéndose derrotada–. Pero… él no va a ponerme ningún cable debajo de la blusa –añadió, señalando a Gabe.

–Me parece justo –repuso Nate–. Gabe, vete a por el equipo para que podamos hacer una prueba esta tarde. Quiero comprobar que todo funciona antes de que empiece el torneo, para que Annie no se distraiga durante su juego.

Gabe asintió y salió de la habitación.

–Me sorprende que te preocupes por no interferir en mi juego. Nunca mostraste ninguna consideración por mi profesión en el pasado.

Nate sabía que no había apoyado a Annie lo suficiente. Por alguna razón, él no había considerado que jugar a las cartas fuera una profesión. El tiempo le había demostrado que se había equivocado, aunque había sido demasiado tarde. Lo cierto era que la culpa de su ruptura no era toda de Annie, reconoció para sus adentros. Solo la culpaba de haberse ido, en vez de haber hablado las cosas como una adulta civilizada.

–Sé que es importante para ti –comentó él–. Pero también es importante para nosotros. Necesitamos que llegues a la final. Si te eliminan el primer día, habremos perdido a nuestro topo.

Annie bajó la vista con un suspiro.

–Debería haber adivinado que no era por mí.


–Lo dices en broma, ¿no? –le espetó Tessa Baracas a Annie.

Las dos hermanas estaban sentadas en la cantina mexicana del Desert Sapphire. Con la mirada gacha, Annie se retorció la alianza que llevaba en el dedo. No era una conversación agradable para ella, menos, sabiendo que alguien la estaba grabando.

–No, lo digo en serio.

–¿No has aprendido la lección? –preguntó Tessa, horrorizada. Se había puesto pálida y la miraba con completa perplejidad.

Las dos tenían los mismos ojos color esmeralda, pero no se parecían en mucho más. Sus complexiones eran parecidas, con amplias curvas, pero se notaba que tenían padres diferentes. El de Tessa había sido un irlandés pálido con el pelo como el fuego. El de Annie había sido un italiano de piel aceitunada, cabello negro y boca sensual. Aunque ella nunca lo había conocido. Su madre nunca se había quedado demasiado tiempo en el mismo sitio, ni había estado con un hombre más tiempo del que lo había necesitado para sus propósitos. Por eso, después de saber que Annie se había reconciliado con su marido, Tessa la miraba como si la hubiera abofeteado.

–Tienes que concentrarte en el juego –señaló Tessa, meneando la cabeza–, no en los hombres. Tú deberías saberlo. Fue lo primero que me enseñaste cuando empecé a jugar.

–Si crees que yo había planeado esto, te equivocas.

Tessa removió la comida en su plato con ansiedad.

–No deberías haber vuelto aquí. Yo sabía que no eras lo bastante fuerte como para resistirte al pene mágico de Nate.

Annie soltó una carcajada nerviosa pero, al ver el gesto irritado de su hermana, se calló de golpe.

–¿Cómo has podido decir eso?

–Porque es verdad.

–Bueno, para empezar, gracias por tener tan baja opinión de mí y creer que me dejo manipular a cambio de sexo –se defendió Annie, rezando porque Gabe no estuviera escuchando su conversación–. En segundo lugar, ¿cómo puedes decir algo tan ridículo como pene mágico? Ni siquiera Nate tiene eso, por muy bien dotado que esté.

–No confío en él. No me gusta.

–Nunca lo has conocido –replicó Annie, sintiendo una extraña urgencia por defender a su marido–. Estás dejando que la paranoia de mamá te influya.

–Y tú estás dejando que el pene mágico te influya a ti.

Annie suspiró.

–Por favor, deja de llamarlo así.

–¿Entonces es por el dinero?

Annie se quedó boquiabierta un momento antes de poder responder. El dinero nunca había sido importante para ella en su relación con Nate. Ella ganaba mucho jugando al póquer, no necesitaba la fortuna de Nate.

–Esto no tiene nada que ver con el dinero, Tessa. ¿Cómo puedes preguntarme algo así?

–De acuerdo, si tú lo dices…

Furiosa, Annie bajó la mirada. A Tessa se le daba fatal adivinar lo que pasaba por la cabeza de los demás. Hasta que no aprendiera a hacerlo mejor, no tenía mucho futuro en el póquer.

–¿Has terminado de comer?

–Sí –repuso Annie.

–Es temprano todavía. No tengo ningún plan hasta la fiesta de esta noche –señaló Tessa, después de mirarse el reloj–. ¿Qué te parece si jugamos un poco? Puede ser divertido. Hace una eternidad que no juego contigo.

\*\*\*

–Su hermana no tiene ni idea.

Nate asintió ante el comentario de Gabe mientras observaban cómo ambas jugaban al póquer desde la sala de monitores. Él también se había dado cuenta de que Tessa no estaba jugando bien. Todavía no había ganado ni una sola mano.

–Annie es muy buena. Incluso puede hacer que el Capitán parezca un novato –señaló Nate con cierto orgullo. Seguía admirando a Annie por haber llegado tan lejos en un terreno dominado por hombres como el Capitán.

El Capitán era famoso en el mundo del póquer por su gorra blanca de oficial de la marina y sus camisas hawaianas. Pretendía hacerse pasar por oficial retirado, aunque una vez había admitido en secreto delante del abuelo de Nate que se había comprado la gorra en una tienda de segunda mano en 1979.

Como jugador, el Capitán era irritante y excéntrico, pero muy bueno. En los últimos treinta años, había ganado cuatro campeonatos y llegaba casi siempre a la final. Era conocido por agobiar a sus oponentes hablando. No paraba de contar viejos cuentos de sus días como marino, aburriendo a todo el mundo con anécdotas del mundo de la navegación.

Su estrategia, sin embargo, funcionaba bien. Sus oponentes perdían la concentración cuando se topaban con él. Les pasaba lo mismo a los jugadores que se enfrentaban a Annie, aunque por razones muy diferentes. Ella era capaz de acelerar el pulso de cualquier hombre y hacerle olvidar cómo jugar.

Nate podía comprenderlo. Era una mujer irresistible. La verdad era que no sabía cómo había podido estar tanto tiempo con ella con nada más que un beso. Esa semana iba a ser una tortura para los dos.

Tragando saliva, se removió en su asiento, incómodo por la excitación que Annie siempre le causaba. Solo de verla le daban ganas de tocarla. Y cada vez le costaba más fingir indiferencia ante ella.

La deseaba. No quería seguir casado con ella, ni vivir con ella. No quería sentir nada, solo necesitaba tocarla y saciar su hambre. Quizá, no pasaría nada si lo hacía. Solo era sexo. La última vez que se habían acostado juntos, había sido increíble. ¿Por qué no recuperar aquella conexión física antes de volver a separarse? Seguro que podía acostarse con ella sin perder la cabeza.

Esa noche se celebraba la fiesta de bienvenida del campeonato. Habría mucha bebida, iluminación suave y música sensual para calentar motores para la semana.

Por supuesto, llevar a Annie a su lado hacía que la fiesta le resultaba mucho más atractiva. Al imaginársela con un vestido ajustado a su voluptuoso cuerpo, riendo mientras sorbía su copa… Quizá, podría rodearle la cintura con el brazo y llevarla a la pista de baile. Luego, la apretaría contra su pecho y le daría un suave beso en el cuello…

Haciendo un esfuerzo, Nate trató de concentrarse en los monitores.

Afilando la mirada, meneó la cabeza. Tessa era malísima. No tenía ninguna intuición. Al parecer, Annie no estaba aprovechándose de su hermana, ni la estaba machacando en el juego como podría hacerlo.

–Annie parece muy incómoda –señaló Nate. Por lo general, estaba a sus anchas en la mesa de juego, pero esa noche, no. Estaba pálida, se movía mucho en su asiento, tenía los hombros caídos y los músculos tensos. No dejaba de mirar a su alrededor a los otros jugadores.

–Quizá está nerviosa por estar espiando –opinó Gabe–. Puede ser mucha presión para ella. Y si… –comenzó a añadir, pero se interrumpió, mirando al panel de control con el ceño fruncido.

–¿Qué pasa?

–El micrófono está fallando. Hemos perdido conexión. Debe de haberse desconectado.

Nate se alegró de que estuvieran haciendo la prueba antes del campeonato.

–Iré a por Annie para ajustarlo.

Cuando se acercó a la mesa de póquer, Tessa había terminado de jugar. Estaba sentada junto a su hermana, observándola con atención. Al verlo llegar, Tessa se giró hacia él y lo miró de arriba abajo con hostilidad. ¿Qué le habría contado Annie a su hermana para que lo odiara tanto sin ni siquiera conocerlo?

Para llamar la atención de Annie, Nate pegó el pecho en el respaldo de su banqueta. Ella se puso rígida antes de darse cuenta de quién era.

–Me preguntaba dónde te habías metido –dijo ella, echándose hacia atrás.

Su olor a perfume especiado y a champú envolvió a Nate, haciendo que le subiera la temperatura.

–Cuando termines esta mano, necesito verte en privado –indicó él, y se acercó a su oído para que Tessa no pudiera escucharlo–. Para hacer unos ajustes.

Annie asintió y, cuando le llegó el turno, echó su carta con rostro impasible, haciendo que el jugador que tenía enfrente se removiera nervioso en su asiento.

Entonces, Nate se inclinó y posó un suave beso en la oreja de su mujer.

–¿No vas a presentarme a tu hermana? –le susurró él.

Al instante, Annie se puso tensa. Esperó unos segundos más a que el otro jugador mostrara sus cartas, se llevó lo que había ganado y se giró hacia él.

–Nate, esta es mi hermana pequeña, Tessa. Tessa, este es… –comenzó a decir Annie e hizo una pausa, esforzándose en pronunciar la palabra–. Mi marido, Nate.

Nate le tendió una mano que Tessa aceptó sin mucho entusiasmo.

–Un placer conocer por fin a alguien de la familia de Annie.

–Pues no esperes conocer a mi madre pronto. Puede que solo me conozcas a mí antes de que lo vuestro termine.

–Bueno, nos vemos en la fiesta, Tessa –señaló Annie, levantándose–. Nate y yo tenemos que ocuparnos de unos asuntos.

–De acuerdo. Yo me voy arriba para prepararme para esta noche.

–Lo siento –se disculpó Annie, cuando su hermana se hubo ido–. Ella creyó que me había vuelto loca cuando nos casamos. La idea de que haya vuelto contigo le parece inconcebible.

–No me preocupa lo que piense. Vayamos a algún sitio privado.

–¿A la habitación?

–No, tengo que hacer un par de cosas aquí antes de ir arriba a ducharme –contestó él, la tomó de la mano y la llevó al pasillo que conectaba la zona de juegos con la parte más antigua del casino. Era una zona donde apenas iban los clientes, más interesados en las mesas de cartas.

Apoyando a Annie contra pared, deslizó la mano tras su espalda para comprobar la batería. La luz roja estaba encendida y el cable conectado.

–Debe de ser el micrófono.

–Eso está… entre mis pechos –dijo ella, abriendo mucho los ojos.

–Quizá lo está pisando tu sujetador –señaló él y le metió la mano debajo del jersey, deslizando un dedo por su estómago, hasta el borde del sujetador–. No estoy seguro dónde…

Por el rabillo del ojo, Nate percibió que alguien se acercaba. Sin titubear, se inclinó hacia delante, la besó y posó la mano en su pecho.

Annie se sobresaltó ante el repentino movimiento, pero le siguió la corriente. Le rodeó el cuello con los brazos y se apoyó contra él.

Enseguida, la persona que había pasado a su lado desapareció, pero el beso no hizo más que crecer en intensidad. Ella le mordisqueó el labio, mientras él la penetraba con su lengua, saboreándola.

Sin poder contener un gemido, Nate se dijo que debía tener cuidado, si no quería terminar tomándola sobre la mesa más cercana. Se obligó a apartarse, rompiendo la poderosa conexión que había entre ellos.

–Cielos –murmuró él.

–Sí. ¿Crees que ahora ya funciona el micrófono?

Gabe respondió por el receptor que Nate llevaba en la cintura.

–Todo bien. No tan bien como vosotros dos.

Annie se apartó, se colocó la blusa y se limpió el carmín de los labios.

–Me voy –dijo ella y comenzó a caminar con paso incierto hacia la caja para cobrar las fichas que había ganado.

Tomando aliento, Nate se giró para no verla marchar. No quería perderse ante la visión de su precioso trasero y sus caderas meciéndose al caminar. Si lo hacía, tal vez, tendría que llevarla a la cama de su habitación para devorarla.

# *Capítulo Cinco*

La suite estaba silenciosa cuando Annie entró. Había esperado que Nate estuviera allí, pero no había señales de él. Mucho mejor. Necesitaba vestirse sin distracciones. Ya había perdido demasiado tiempo abajo, esperando que Nate terminara de ducharse y arreglarse.

Su beso en el casino había sido una excusa para que nadie descubriera lo que estaban haciendo. Sin embargo, cuando él la había tocado, el mundo había desaparecido a su alrededor. Estaba claro que la poderosa atracción que los unía era más fuerte que los miedos de ella o que el rencor de él. Nada de eso importaba cuando se tocaban.

Pronto, acabaría acostándose con él, reconoció para sus adentros. Y lo haría encantada. Pero no debía ir más lejos. No podía soñar con la reconciliación, ni con tener un futuro juntos. Ahí era donde se había equivocado la última vez.

Al entrar en el dormitorio, Annie vio el traje de Nate sobre la silla. El espejo del baño seguía empañado. Él acababa de estar allí.

Con aire ausente, comenzó a vestirse. Sacó un par de medias de encaje del cajón y unas braguitas de seda. No podía llevar sujetador con ese atuendo, así que tampoco podría llevar el micrófono. Se quitó la batería que llevaba pegada a la espalda y la dejó en la mesilla.

Cuando iba a sacar el vestido del armario, oyó un suave gemido a su espalda.

–Maldición.

Girándose, vio que Nate estaba en la puerta. Ella llevaba solo las braguitas y las medias puestas, pero no se preocupó en cubrirse. No era una persona vergonzosa. Además, él ya había visto y tocado cada centímetro de su cuerpo. Por otra parte, al dejar que viera lo que iba a llevar debajo del vestido, la desearía todavía más durante la noche.

Aunque ella también iba a sufrir lo suyo, porque Nate tenía un aspecto increíble con su esmoquin. En vez de corbata, se había puesto una camisa color marfil sin cuello con un botón negro en la parte superior. Llevaba un pañuelo a juego en el bolsillo de la solapa. Por supuesto, era un traje hecho a medida, que le quedaba como un guante.

Annie ansió apretarse contra esa camisa y enredar los dedos en su pelo rizado. Se le endurecieron los pezones solo de pensarlo. Sin embargo, no podía hacerlo. Nate debía asistir a la fiesta. Él era el anfitrión.

Fingiendo desinterés, se dio media vuelta y se dirigió al armario.

–¿No sabes llamar a la puerta?

–Es mi casa. No tengo por qué llamar.

Annie se agachó para recoger los tacones, sacó el vestido del armario y se volvió hacia él.

–¿Te gusta? –preguntó mostrándole el vestido. Era un traje corto, de color azul, con un cuello de brillantes plateados. La espalda estaba abierta y terminaba justo encima del trasero.

–Mucho –respondió él con voz tensa–. Va a juego con tus ojos.

–¿Vas a quedarte ahí mirando cómo me visto?

Nate lo pensó un momento, sin dejar de contemplarla con intensidad.

–No… Solo quería decirte que te espero abajo. Quiero asegurarme de que está todo preparado.

Annie asintió.

–Nos vemos dentro de un rato.

–¿Te pido algo de beber?

–Un refresco sin azúcar –respondió ella con una sonrisa. Lo último que necesitaba era repetir la escena de la noche anterior con el champán–. Gracias.

Nate sonrió también, tal vez pensando lo mismo que ella. La recorrió con la mirada una vez más, antes de desaparecer por la puerta.

Media hora después, bajó a la sala de baile donde iba a celebrarse la fiesta. Esa noche, estaba reservada a las personas inscritas en el campeonato. La mayoría de los asistentes iba acompañado de su pareja. Eso disminuiría el número de invitaciones a bailar que solía recibir, se dijo, aliviada.

Era un deporte dominado por los hombres y no siempre había lugar para sus mujeres en los torneos. En esa ocasión, Nate se había molestado en disponerlo todo para incluirlas. Esa noche, estaban invitadas a la fiesta, por supuesto, y los días siguientes había excursiones a la presa Hoover y al Gran Cañón. Nate era un hombre muy detallista.

En cuanto Annie entró, varios amigos se acercaron para saludarla.

–¡La Barracuda! –exclamó Benny el Tiburón, contento de verla.

El Capitán le dio un gran abrazo de oso, mientras Eli le ofrecía invitarle a tomar algo.

Annie declinó su ofrecimiento, aunque la apresaron unos momentos con su charla. Eran hombres muy ruidosos y parecían tener muchas cosas que contar, como si no se hubieran visto en Atlantic City hacía un mes. El Capitán se había puesto su mejor camisa hawaiana y los demás habían optado por trajes de chaqueta en vez de los vaqueros y camisetas que solían llevar.

La mayoría había oído los rumores de lo suyo con Nate y todos querían conocer los detalles. Aquella era la gente que mejor la conocía y, por eso, a todos les sorprendía ver una alianza en su dedo.

Annie tomó la copa que Eli le tendió para brindar por su matrimonio y charló un rato con ellos antes de excusarse e ir a buscar a Nate.

Annie vio a Tessa. Su hermana estaba muy guapa con un vestido verde de satén, sin tirantes. Llevaba el pelo suelo sobre los hombros, como una cascada de fuego. Ella siempre había tenido celos del cabello pelirrojo de Tessa. Además, con solo veintidós años, se había convertido en una mujer muy hermosa.

A su lado, un hombre la rodeaba de la cintura. Cuando el hombre giró el rostro, Annie se dio cuenta de que era Eddie Walker. Furiosa, se dijo que no podía dejar que ese bastardo tocara a su hermana.

Sin pensárselo, atravesó la pista de baile y tomó a Tessa de la muñeca.

–¡Eh! –protestó Tessa, sin moverse de su sitio, mientras Eddie seguía sujetándola de la cintura.

–Tessa, ven conmigo ahora mismo –ordenó Annie, reproduciendo sin querer el tono de su madre cuando las castigaba.

–No –negó Tessa, agarrándose con más fuerza a Eddie.

–No te pongas en evidencia, Annie. Esto es una fiesta –dijo Eddie con sonrisa de gallito–. Es mejor que no te metas.

–No me digas lo que tengo que hacer. Tessa es mi hermana y no voy a dejar que esté con un tipejo como tú –replicó Annie, lanzándole dardos con la mirada.

Entonces, Eddie soltó a Tessa y su hermana se la llevó a un rincón apartado.

–¿Qué te pasa? –se quejó Tessa, soltándose de su mano.

–¿A mí? ¿Qué te pasa a ti? ¿Qué haces con Eddie Walker?

–Mira quién habla, señora Reed –respondió Tessa con gesto desafiante.

–No me refiero a eso. Eddie es… –dijo Annie, sin poder encontrar las palabras.

–¿Maravilloso?

–No. Es un sucio y apestoso tramposo.

Tessa abrió mucho los ojos un momento, quedándose boquiabierta. Al parecer, le sorprendió que su hermana supiera lo que se traía entre manos en las mesas de juego. Quizá, él la había convencido de que su reputación estaba intacta.

–Por favor, no te mezcles con él.

–Es demasiado tarde, Annie. Llevo seis meses saliendo con él.

¿Seis meses? ¿Cómo podía haberlo ignorado durante tanto tiempo?, se preguntó Annie. Sin duda, su hermana debía de haber hecho lo imposible para ocultárselo.

–No es un buen tipo, Tessa.

–Venga ya. Lo que pasa es que estás celosa.

–¿Por qué iba a estar celosa? No es un buen partido, Tess. Tú lo conoces desde hace seis meses, yo desde hace seis años. Todo el mundo sabe que hace trampas a las cartas. Lo que pasa es que todavía no lo han pillado.

La expresión de Tessa brilló con orgullo. ¿En serio se enorgullecía de que su novio fuera tan listo que no lo hubieran pillado todavía? Eso cambiaría con Nate. Él no toleraría que hicieran trampas en el hotel. Y Annie estaba allí para ayudarle a detener a los tramposos.

–Sé lo que hago.

Annie suspiró. No tenía sentido seguir discutiendo. Tessa era muy obcecada y, si le decía que no podía hacer algo, solo serviría para animarle a hacerlo. Además, si la presionaba, su hermana se cerraría en banda y ella necesitaba estar a su lado, sobre todo en esos momentos.

Tessa estaba jugando con fuego. ¿Cuánto tiempo tardaría en quemarse?

Annie sabía que era su última oportunidad de advertir a su hermana antes de que Gabe pudiera escuchar todas sus conversaciones.

–Ten cuidado. No te involucres demasiado con él.

Tessa exhaló con fuerza y asintió, aliviada porque su hermana dejara el tema.

–No me involucro demasiado con ningún hombre –aseguró la hermana pequeña de Annie con una sonrisa–. Deberías saberlo. Tú tampoco solías hacerlo.

Nate se miró el reloj. La fiesta había empezado ya hacía una hora y Annie tenía que estar en alguna parte. Él había estado alerta por si la veía, pero no había señal de ella. Había creído que no podía pasarle desapercibido ese vestido azul, pero no había contado con que asistiera tanta gente.

Entonces, la vio.

Annie se alejaba de la puerta del baño, dejando a su hermana detrás de ella.

Nate se quedó sin respiración. El color azul de su vestido resaltaba su pelo negro azabache. Los pechos, firmes y altos, se movían de forma tentadora bajo la tela mientras caminaba, recordándole que no llevaba nada debajo. Corto por la rodilla, además, el atuendo dejaba ver unas pantorrillas perfectas y unas sandalias cubiertas de lentejuelas.

En ese instante, las resistencias de Nate se fueron al traste. Se acostaría con Annie esa noche, sin importarle las consecuencias. No podía seguir luchando contra el deseo que lo invadía.

Ella estaba preciosa… y parecía agitada. Tenía la piel sonrojada, el ceño fruncido, la mandíbula tensa. No era algo habitual en ella.

Tras hacer un gesto al camarero para que le rellenara la copa, Nate se acercó con las bebidas en la mano. Ella estaba apoyada en una de las barras, con la cabeza entre las manos.

–Aquí tienes tu refresco –le ofreció él–. Puedo pedirle a Mike que le añada un chorro de ron, si lo necesitas.

Annie se levantó de golpe y su rostro volvió a tornarse frío y distante.

–¡Ay! Me has asustado –dijo ella, y esbozó una sonrisa forzada, tomando el vaso que él le ofrecía–. Gracias. El ron no será necesario.

Nate la besó en la mejilla y la rodeó con un brazo por la cintura. Sorprendido, se dio cuenta de que el vestido estaba descubierto por detrás, al tocarle la piel sedosa y cálida. Le recorrió la espalda con suavidad, para comprobar hasta dónde llegaba la abertura, justo al comienzo del trasero.

–Deberías habérmelo dicho –le murmuró al oído.

–¿Decirte qué? –preguntó ella, mirándolo de pronto con pánico en los ojos.

–Que solo podías permitirte comprar medio vestido –repuso él–. Te habría comprado uno entero.

Annie suspiró y arrugó la nariz.

–¿No te gusta?

–Claro que me gusta –afirmó él, riendo–. El problema es que también les gusta a todos los demás hombres de la fiesta.

–Ahh –dijo ella con una sonrisa–. Estás celoso.

Nate tenía todo el derecho a estarlo. Todo el mundo sabía que Annie usaba su belleza para distraer a sus oponentes. Como resultado, tenía una larga lista de admiradores. Y, solo de pensar en que otro hombre la mirara, se sentía furioso.

–No estoy celoso. Es solo mi instinto territorial –reconoció él y le dio un trago a su copa.

–¿Vas a orinarme encima como los perros?

Nate estuvo a punto de atragantarse con su bebida. Annie era impredecible.

–No creo que sea necesario.

–Bien. Este vestido no se puede meter en la lavadora –dijo ella, sonriendo.

Era una experta en ocultar lo que le preocupaba hacía unos minutos, pensó él.

–¿Lo estás pasando bien?

–Es una fiesta muy agradable –contestó.

–Sí. Pero no me has respondido.

–Sí, lo estoy pasando bien –afirmó ella despacio, mirándolo a los ojos.

Nate le dio otro trago a su copa.

–Para ser jugadora de póquer, no mientes muy bien. ¿Qué te acaba de pasar con Tessa?

–Nada –respondió ella, demasiado deprisa, rompiendo el contacto ocular.

Nate miró hacia donde había visto a Tessa hacía unos momentos. Estaba sentada con un hombre despreciable. Si Tessa fuera su hermana, él también estaría disgustado, admitió.

–Está con Eddie Walker –observó él–. ¿Es por eso?

–Me acaba de decir que llevan varios meses saliendo –confesó ella, levantando la vista–. No sabía nada.

–Por la forma en que la toca, se ve que están muy unidos –comentó él.

Tessa y Eddie estaban hablando en una mesa en una esquina. Su lenguaje corporal irradiaba sexo. Tenían las piernas entrelazadas y se miraban a los ojos con intensidad. Eddie tenía una mano en la rodilla de Tessa y, con la otra, le estaba acariciando el pelo.

Cuando se giró hacia Annie, Nate la sorprendió otra vez frunciendo el ceño. Por muy acaramelados que parecieran los tortolitos, era obvio que ella no aprobaba su relación. Eddie tenía muy mala reputación y no era la clase de hombre que alguien querría para su hermana.

Por otra parte, Eddie era el sospechoso número uno en su caza de tramposos. Todo el mundo sabía que hacía trampas, lo que todavía no estaba claro era si formaba parte de una operación a gran escala.

Él sabía que ella haría lo que fuera para capturar a Eddie. Y, después de haber descubierto que salía con su hermana, ¿qué mejor forma de separarlos que enviar al criminal a la cárcel?

Hablaría de ello con Annie, se dijo Nate. Pero esa noche, no. Esa noche, tenía cosas mejores en las que pensar. Como llevar a su esposa a la cama.

Había intentado luchar contra sus instintos desde que la había visto. Sin embargo, los tres años que habían pasado separados no habían servido más que para aumentar la excitación que le bullía en las venas. No se enamoraría de nuevo. Pero podía saciarse de ella antes de que cada uno siguiera su camino.

Cuando Nate era niño, su abuelo le había dado en una ocasión una enorme bolsa de caramelos de cereza. Como sus padres no estaban en casa, se había sentado delante de la televisión una tarde y se había comido toda la bolsa. Nunca en su vida se había puesto tan enfermo. Y, hasta la fecha, no había podido volver a probar un caramelo ni nada que supiera a cereza.

Quizá le sucedería lo mismo con Annie. Necesitaba devorar su suave y sedoso cuerpo hasta hartarse. Así, cuando terminara la semana y el divorcio estuviera preparado, ya no tendría más interés en ella del que tenía en los caramelos.

–¿Tienes hambre? –preguntó él cuando se acercó un camarero con aperitivos.

Annie meneó al cabeza.

–No, ver a esos dos me ha quitado el apetito.

La música cesó un momento y la gente que había en la pista de baile regresó a sus mesas. La siguiente canción era lenta y romántica. Algunas parejas se acercaron a la pista.

–¿Quieres bailar? –ofreció él–. Sería una buena oportunidad para que todos nos vean juntos.

–De acuerdo. Pero bailo muy mal –repuso ella con ansiedad.

–Me cuesta creer que hagas algo mal, Annie –dijo él, riendo.

Ella le dio la mano, que estaba helada. Nate se la apretó para calentársela y la llevó al centro de la pista. A continuación, la rodeó por la cintura y le apoyó la palma de la otra mano en los lumbares.

–Se acabó –le susurró él con una sonrisa–. Voy a comprarte un vestido nuevo. Tienes las manos heladas.

–No es por el vestido –replicó ella–. Es por el baile. Me quedo fría cuando estoy nerviosa.

Nate arqueó las cejas, sorprendido.

–¿Tú, nerviosa?

Annie era una mujer dura. Podía jugar contra todos los hombres que había en la fiesta y vencerlos. Sin duda, lo haría con esos tacones altos y ese vestido corto. ¿Y la idea de bailar la hacía quedarse helada de miedo?

–No lo digas muy alto –pidió ella, arrugando la nariz–. Es uno de mis secretos. No me conviene que lo sepan los demás jugadores.

Nate rio, apretándola contra su cuerpo.

Poco a poco, Annie fue rindiéndose a la música. Tras unos momentos, apoyó la cabeza en el hombro de él. Nate cerró los ojos, apretándose más contra ella.

Era tan agradable abrazarla así…

Entonces, él posó un beso en su pelo e inhaló su familiar y seductor aroma. Era como un recuerdo lejano que no había conseguido olvidar.

Tenerla entre sus brazos era la sensación más cálida del mundo, como meterse en un baño caliente, se dijo él, sumergiéndose en aquella deliciosa experiencia.

Pronto, el resto de la gente desapareció a su alrededor. Era como si solo estuvieran los dos. ¿Por qué se sentía como si fuera la primera vez que estaba así con ella?, se preguntó Nate.

Quizá, porque nunca lo había hecho. Sí, se habían acostado juntos. Él había explorado cada centímetro de su cuerpo. Pero nunca la había sujetado de esa manera entre sus brazos. Annie era como un colibrí, siempre moviéndose de una flor a la siguiente. Era hermosa, pero era imposible sujetarla. Si alguien lo intentaba, ella huía. Y a él le había costado mucho sufrimiento aprender la lección.

Cuando Annie suspiró con la cabeza en el pecho de él, Nate apretó la mandíbula. Era el mismo sonido de satisfacción que ella hacía cuando dormía, recordó. Había pasado tanto tiempo desde la última ver que lo había oído y, a la vez, parecía que había hecho el amor con ella apenas el día anterior.

La última noche que habían estado juntos, Annie se había acurrucado sobre sí misma y se había quedado dormida mientras él estaba en la ducha. Cuando volvió, se quedó media hora observándola. La había contemplado hipnotizado por su belleza, despojada de todo escudo en su sueño. Sus pestañas negras descansaban, sus mejillas estaban sonrojadas y sus labios hinchados después de tantos besos.

A él casi le había estallado el corazón de orgullo al pensar que era suya.

Había estado a punto de despertarla para hacerle el amor de nuevo. Si hubiera sabido lo pronto que iba a perderla, lo habría hecho. Había creído, como un tonto, que tenía todo el tiempo del mundo para estar con ella.

Quizá, esa noche podía recuperar el tiempo perdido y retomarlo donde lo habían dejado. Solo de pensarlo, a Nate le subió la temperatura y se le puso el cuerpo tenso.

Annie percibió el súbito cambio y levantó los ojos hacia él con preocupación.

–¿Qué pasa?

La balada terminó y comenzó otra canción más movida. Pero, mientras la gente entraba y salía de la pista de baile, Nate no se movió. Solo apretó las caderas contra ella.

–Nada –dijo él con una sonrisa traviesa.

Annie abrió mucho los ojos y sonrió.

–Creo que deberíamos ir arriba y hacer algo con eso.

Annie tenía mucha prisa por llegar. No se molestaron en despedirse de nadie mientras salían de la fiesta. En cuanto se quedaron a solas en el ascensor que los conduciría a la suite, ella se giró hacia él, esperando que la devorara.

Sin embargo, Nate se quedó apoyado en la pared con las manos en los bolsillos. A pesar de su postura relajada, era obvio que su cuerpo estaba en tensión. La recorrió con la mirad de arriba abajo, aunque no hizo ningún movimiento, aparte de tragar saliva con dificultad.

Annie casi había olvidado que a él le gustaba tomarse su tiempo y disfrutar de cada segundo. Ella no podía entenderlo, pues ardía de ganas de poseerlo. Tenía los pezones endurecidos y la entrepierna ardiendo de deseo. Ansiaba con toda su alma que la tocara.

Todavía les quedaban quince pisos por subir. Annie no podía esperar tanto. En un rápido movimiento, apretó el botón de parada, haciendo que el ascensor de detuviera de golpe. Nate dio un pequeño traspié.

Mirándolo a los ojos, ella se llevó las manos a la nuca y se desabrochó el cuello del vestido. Era lo único que sujetaba aquel atuendo en su sitio, así que el suave tejido cayó a sus pies de inmediato.

–¿Nate? –sonó la voz de Gabe, desde el receptor de radio que Nate llevaba colgado a la cintura.

–¿Sí? –repuso Nate con los ojos clavados en Annie.

–Nos han informado de que tu ascensor privado se ha detenido entre el piso diez y el once.

–Correcto –contestó Nate al radio receptor, sonriendo.

Hubo un largo silencio antes de que Gabe volviera a hablar.

–De acuerdo. Avísame si necesitas ayuda.

–Eso haré –repuso Nate, y apagó el receptor, dejándolo caer al suelo.

Tras aquella pequeña interrupción, Annie se acercó a él con decisión y apretó los pezones endurecidos contra su pecho. Él la observaba con una mano en el bolsillo y la otra en la cadera, aunque su rostro delataba la creciente tensión sexual. Ella le recorrió la mandíbula con un dedo.

–Tócame, Nate. No me hagas esperar más.

Era lo único que Nate necesitaba escuchar. Acto seguido, la rodeó con sus brazos y posó un suave beso en sus labios, haciéndola estremecer.

–Te deseo –le susurró él.

Annie le respondió poniéndose de puntillas para darle un beso, tierno al principio, lleno de fuego a los pocos segundos.

Nate le deslizó las manos por la espalda, le palpó el trasero un momento e, inclinándose, le agarró un muslo con suavidad para ponérselo alrededor de la cintura.

Annie gimió al sentir que aquella nueva postura ponía la erección de él en contacto directo con su húmedo sexo. La sensación era abrumadora, mientras los dos se besaban con frenesí.

Pronto, la chaqueta de él cayó al suelo. Annie le desabotonó la camisa a toda velocidad y le recorrió el pecho desnudo con las manos, saboreando sus fuertes músculos. Las deslizó más abajo, hasta la cintura de sus pantalones y siguió bajando…

Con un gemido, Nate le sujetó la mano y se giró con ella, colocándola contra la pared. El ascensor estaba frío contra su espalda, pero no lo suficiente como para enfriar el fuego que la inundaba.

Nate trazó un camino de besos desde su oído hasta su cuello, mientras ella se estremecía de placer.

Entonces, Annie le quitó la camisa y la tiró al suelo. Aunque quería tener los ojos abiertos, para apreciar lo apuesto que era, no fue capaz. Él estaba besándole los pechos y, cuando se metió un pezón en la boca, ella echó la cabeza hacia atrás, cerrándolos.

–Ay, Nate –gimió ella, agarrándole de la cabeza para apretarlo contra su pecho.

Annie había intentado olvidar esa sensación durante todos esos años. Había tratado de olvidar que era adicta a él, a cómo le hacía sentir.

Nate se puso de rodillas, recorriéndole el vientre y el ombligo con labios y lengua. Cuando le acarició el borde de las braguitas, ella se agarró a la barandilla del ascensor.

Él le bajó las braguitas poco a poco, volviéndola loca de excitación, hasta que le levantó un pie y, luego, el otro, para quitárselas. Ya solo llevaba unas medias hasta los muslos y los tacones.

Temblando, Annie se dijo que era mejor que no abriera los ojos. Si lo miraba en ese momento, podía delatarse y dejar que él supiera lo mucho que ansiaba aquello…

Nate le deslizó las manos por las piernas, trazando un camino de fuego hasta llegar a sus muslos. Mientras, ella se agarró a la barandilla con todas sus fuerzas, con los ojos apretados, mordiéndose el labio.

Con un suave movimiento, él le abrió los muslos y acercó la boca a su entrepierna. Al mismo tiempo, le dibujaba círculos con los dedos en los muslos, hacia las caderas. Ella tragó saliva, sin respiración, expectante.

Nate no la decepcionó. La saboreó, haciéndola gritar de placer. Sus caricias estuvieron a punto de llevarla el clímax, hasta que hizo una pausa, dándole tiempo a recuperarse antes de continuar con su erótico asalto.

Annie gritó de nuevo, arqueando las caderas hacia él.

—Nathan, por favor —suplicó ella. Necesitaba que la poseyera. Después de haberse pasado tres años sin él, no podía esperar ni un segundo más.

—Por favor, ¿qué… Annie? —preguntó él, lamiéndola con cada palabra.

—Quiero tenerte dentro, Nate. Ahora, por favor.

De inmediato, Nate se apartó para quitarse los pantalones, sin quitarle a Annie los ojos de encima. Como un jugador de ajedrez, parecía estar planeando su próximo movimiento, sin dejar de devorarla con la mirada.

A Annie le daba igual lo que hiciera, con tal de tenerlo encima de ella. Era un hombre muy guapo. Su cuerpo era incluso mejor de lo que lo recordaba, como si se hubiera pasado largas noches en el gimnasio desde que lo había dejado. Poseía la clase de perfección masculina que los artistas del Renacimiento habían intentado plasmar.

En un momento, se quedó desnudo, apuntando hacia ella con su erección. A Annie se le quedó la boca seca al verlo.

Sin decir una palabra, se acercó, la agarró de la cintura y la levantó. Ella lo rodeó con las piernas y se sujetó de sus hombros. Despacio, él se agachó lo necesario y, con un gemido de placer, la penetró.

Se quedaron casi quietos unos instantes, mientras saboreaban la sensación. Había pasado mucho tiempo. Annie no podía explicárselo, pero aparte del contacto físico, había entre ellos una conexión intangible que los años no habían podido romper.

Agarrándola del trasero, Nate la empujó despacio hacia la pared. Despacio, entró y salió de ella, moviéndose rítmicamente.

Annie se aferró a él, con la cara enterrada en su cuello. Con cada arremetida, la penetraba con más profundidad, llevándola cada vez más cerca del orgasmo. El aliento de él le quemaba en el oído, mezclado con calientes susurros.

Ella apretó los dientes.

–Aun no –jadeó.

Al verse poseída por el mismo deseo arrebatador que la había consumido en el pasado, los miedos de Annie afloraron a la superficie. Esa era la razón por la que se había alejado de él hacía años. Sabía que no podía resistirse a él.

Ignorando su súplica, Nate se movió con rápidas arremetidas, hasta que la tensión estalló dentro de ella como una marea de placer.

–Sí –murmuró él en su oído, animándola en su orgasmo, mientras sentía cómo ella se apretaba a su alrededor.

Entonces, cuando ella se quedó quieta, exhausta de tanto gozo, él gritó su nombre y también llegó al éxtasis.

Los dos se quedaron jadeantes, apoyados en la pared fría del ascensor, él aún entre los muslos temblorosos de ella.

–Ha merecido la pena esperar… –dijo él, sin aliento–. Pero no dejemos pasar otros tres años antes de repetirlo.

Con Annie abrazada a él, Nate apretó el botón para que el ascensor siguiera subiendo.

# Capítulo Seis

Annie no estaba segura de cómo iría el primer
día del campeonato. Estaba acostumbrada a concentrarse en su ritual personal cada vez que jugaba. El lío en el que se había metido era todo lo
opuesto.

Para empezar, apenas había dormido. Nate y
ella habían hecho el amor hasta que sus músculos
no habían podido más. Y, al poco tiempo de quedarse dormida, él la había llamado para decirle
que era hora de levantarse.

Era extraño despertar con él a su lado. Era una
sensación familiar y agradable que no recordaba
haber tenido nunca antes. En el pasado, solo había
sentido pánico por saber que estaba casada.

Tras incorporarse en la cama, lo había visto irse
al baño, vestido solo con los pantalones del pijama. De inmediato, el deseo había vuelto a apode-
rarse de ella, pero se había contenido. Tenía un
gran día por delante.

Antes de bajar, había quedado con Gabe para
que le pusiera el micrófono y los cables. El jefe de
seguridad le había dado algunas indicaciones importantes, aunque lo único en lo que podía pensar
ella era en lo incómodo que era tener los cables

pegados al cuerpo. Además, no se había hecho a la idea de que Gabe estuviera todo el día escuchando sus conversaciones.

Por todo eso, además de que tenía que espiar a sus colegas jugadores, no se sentía preparada para jugar al póquer. Si perdía y la eliminaban del campeonato, por otra parte, no podría cumplir su trato con Nate. ¿Qué precio pondría él entonces al divorcio?

Annie tomó asiento y miró a Gordon Barker. Gabe lo había arreglado para que jugara con él ese día porque estaba en su lista de sospechosos. Ella había oído algún que otro rumor acerca de Barker a lo largo de los años, aunque no tenían comparación con lo que se decía de Eddie Walker.

Personalmente, Annie no había tenido mucha experiencia en jugar con él, por lo que tampoco podía estar segura. Al comienzo de la partida, de todos modos, decidió concentrarse en sus cartas y su jugada antes de hacer nada más. Cuando tuviera una cómoda ventaja frente a sus oponentes, podría centrarse mejor en Gordon Barker, pensó.

Cerca de la hora del descanso para comer, Annie estaba satisfecha con cómo había ido la mañana. Algunos jugadores habían sido eliminados. Gordon seguía jugando, pero no parecía estar haciendo nada sospechoso. Pronto, podrían borrarlo de la lista. Si todo marchaba según ella esperaba, al final, el único sospechoso sería Eddie Walker. Eso podía ser peligroso por varias razones. Para empezar, a Tessa no le iba a gustar nada descubrir que su hermana había enviado a su novio a la cárcel.

En el bufé del restaurante, Annie llenó su bandeja y fue a sentarse junto al Capitán. No era un hombre muy amante de los rumores así que, con un poco de suerte, lo único que Gabe oiría sería una de sus largas y famosas historias de marinos.

—Buenas tardes, señora Reed. ¿Qué tal va tu juego hoy?

—Es temprano para decirlo —contestó ella con una sonrisa.

—No te dejes distraer por ese guapo marido tuyo. Los dos parecéis estar disfrutando mucho de vuestra segunda luna de miel, pero eso puede entorpecer el juego. Yo solo he ganado campeonatos cuando no estaba casado.

Annie sonrió. El Capitán se había casado, al menos, seis veces. Sin embargo, ella había tenido más que de sobra con una sola vez.

—Lo intentaré. Aunque me preocupa Gordon Barker. He oído rumores de que juega sucio. Odiaría que me eliminara haciendo trampas.

—No tienes de qué preocuparte —aseguró el Capitán, meneando la cabeza—. Hace muchos años que no se mete en líos. Tuvo un encontronazo con la ley en el pasado, pero es un tipo completamente legal.

—Ah —dijo ella. Bueno, al menos, la conversación estaba yendo a alguna parte y Gabe no podría acusarla de no hacer su trabajo. Además, así, no tendría que vigilar a Gordon y podría concentrarse en jugar—. Es un alivio.

–Aunque deberías estar atenta con Eddie Walker.

Annie se quedó parada con al botella de agua en la mano. No se había esperado ese comentario, aunque tampoco le extrañaba que el Capitán intentara cuidar de ella. Ese viejo jugador era lo más parecido que había tenido a un padre en su vida.

–No está en mi mesa hoy.

–El problema de Eddie es que trabaja con un círculo de jugadores. Es mejor que esté en tu mesa, porque no suele hacer trampas en persona. Es un tramposo odioso. Me gustaría lo atraparan, así los demás podríamos jugar tranquilos sin tener a tantos vigilantes de seguridad observándonos.

Annie se sintió culpable por estar hablando con él mientras llevaba el micrófono.

–Me sorprende que nadie lo haya pillado todavía, ya que todo el mundo sabe lo que hace.

–Es muy cuidadoso. Y listo. Elige a un jugador principal para llevarlo a la mesa de la final y, luego, hay otros diez cómplices metidos en el campeonato. Nunca sabes quién está en ello. He oído que, este año, tiene una nueva socia trabajando para él. Yo no la he visto –continuó el Capitán–. Pero he oído que…

¿Socia? Annie se atragantó con el agua. El Capitán dejó de hablar y le dio una palmadita en la espalda, preocupado.

–¿Estás bien? –preguntó el viejo jugador.

–Sí, lo siento. Si me disculpas, tengo que ir al baño.

–Claro.

Entonces, Annie se refugió en el baño, esperando que Gabe tuviera la decencia de dejar de escuchar.


Annie había jugado el sábado y tenía el domingo libre.

Nate lo había pasado fatal. Había estado observándola en la mesa durante toda la tarde, ansiando tocarla. Había tenido que apretar las manos dentro de los bolsillos durante horas, fingiendo sonreír a pesar de su agonía.

Cuando Annie había terminado, victoriosa, la había llevado de inmediato a su suite. En un instante, la había desnudado y la había atrapado entre sus brazos. Se habían pasado toda la noche encerrados, habían pedido que les subieran la cena y habían hecho el amor hasta caer rendidos.

Cuando empezó a amanecer el domingo, Nate se incorporó en la cama para contemplarla. Parecía agotada. Tenía el pelo largo y moreno enredado en la almohada y se le movían los ojos bajo los párpados, como si estuviera soñando.

Sin hacer ruido, se levantó y se acercó a su despacho. Al momento, recibió una llamada de Gabe. No había hablado con él desde el final de la sesión de campeonato del día anterior.

–Hola.

–Buenos días –repuso Gabe con tono seco–. Tenemos que hablar de algo que pasó ayer.

–¿Qué? –preguntó Nate, frunciendo el ceño.

–Cuando yo estaba abajo, vigilando a Eddie como me habías pedido, uno de mis hombres estaba escuchando las conversaciones de Annie.

En realidad, Nate no quería saber lo que su amigo estaba a punto de decirle. Podría echar a perder su entusiasmo sexual en un momento.

–¿Y? –inquirió Nate con reticencia.

–Estaba hablando con el Capitán, sobre Walker. El Capitán dijo que había oído que Walker había reclutado a una nueva mujer que trabaja para él. Y, justo cuando iba a continuar con los detalles, Annie se atragantó, empezó a toser y se excusó para ir al baño.

No era una buena noticia. Saber que su cómplice era una mujer reducía la lista de sospechosos drásticamente. Y que Annie no hubiera continuado la conversación, ni le hubiera hablado de ello, le reducía a una sola persona. ¿Era posible que Tessa fuera algo más que la novia de Walker?

–Creo que voy a llevar a Annie a mi casa hoy. Los dos sabemos que Eddie trama algo, es posible que Tessa esté implicada también, pero ignoramos qué sabe Annie. Estaba pensando que podía obtener más información de ella si nos vamos del casino.

–Asegúrate de que no te engañe. No sabes si está implicada. Podría ser la jefa de la banda y estar usando su conexión contigo para distraer nuestra atención.

–Supongo que lo averiguaremos antes o después –repuso Nate, y colgó. Se negaba a pensar mal de Annie.

Acto seguido, marcó el número de su ama de llaves, Ella. La mujer, de unos sesenta años, vivía en casa de Nate y la mantenía limpia y organizada.

Nate le explicó los planes para que Ella lo preparara todo para su llegada. Lo cierto era que él llevaba más de un mes sin pasarse por su casa. La pobre mujer debía de haber estado muy aburrida, pues parecía deseosa de ponerse manos a la obra.

–¿Nate? –llamó Annie con voz somnolienta desde el dormitorio.

–¿Te has despertado? –repuso él, volviendo a su lado–. Vístete.

–¿No vas a impedirme que me ponga la ropa?

Nate la miró un momento. Tenía el pelo revuelto con un aspecto muy sexy, una larga pierna asomaba por debajo del edredón y podían adivinarse sus turgentes pechos bajo la sábana. Consideró hacerle el amor en ese mismo momento, pero decidió que prefería hacerlo en un sitio nuevo.

–Solo si no te das prisa –contestó él, sonrió y se fue al armario para vestirse.

Se arreglaron a toda velocidad y, en cuestión de minutos, estaban en el Mercedes descapotable de Nate, rumbo a las afueras. Él solo le había dicho que se pusiera ropa cómoda y que llevara un bañador y ella había obedecido.

Tardaron unos veinte minutos en llegar. Era una casa de dos pisos con paredes color arena y tejado de teja roja. Nate pulsó el mando a distancia para abrir la puerta del garaje y aparcó. Para compensar a su ama de llaves por haberla avisado con tan poca antelación, le había ofrecido una tarde de spa en el Sapphire. Ella se lo merecía y, por otra parte, así estarían solos.

–Te haría una visita guiada de la casa, pero ni yo mismo la conozco muy bien –reconoció él cuando salieron del coche.

Annie rio.

–Deberías trabajar un poco menos, Nate.

–Bueno, aquí estoy, ¿no es así? –replicó él, extendiendo los brazos–. Además, no pienso aceptar críticas de una mujer que vive con una maleta a cuestas.

–*Touché* –dijo ella, sonriendo.

Nada más entrar en la casa, se dirigieron al dormitorio principal, bautizaron la cama y se pusieron el bañador para ir a la piscina. Como niños, se salpicaron y jugaron en el agua. Luego, se tumbaron a descansar en las hamacas, hasta que tuvieron hambre.

Entonces, se fueron a la cocina para ver qué había preparado Ella. Había una nota encima de la mesa informándolos de que tenían listos los ingredientes para una pizza casera en el frigorífico.

–¿Crees que podremos hacerla? –preguntó Annie, mirando la bola de masa de pizza preparada sobre la encimera.

–Vamos, claro que podemos hacer una pizza –contestó él, tomando los ingredientes–. Ella ha hecho casi todo el trabajo. Al menos, será divertido intentarlo. Si nos sale mal, podemos pedir algo. Toma –indicó, tendiéndole unos tomates y un poco de albahaca–. Prepara lo que le vamos a poner por encima mientras yo me pongo con la masa.

Nate aplastó la masa, le colocó la salsa casera de Ella y pedazos de mozzarella, mientras Annie cortaba los tomates. Estaba muy hermosa. El baño en la piscina le había quitado todo el maquillaje. Su largo pelo moreno seguía húmedo, con mechones cayéndole por la espalda. Su piel dorada parecía más oscura en contraste con el biquini blanco que llevaba debajo de un fino pareo anudado a la cintura.

Annie le sorprendió mirándola y sonrió, soltando una risita infantil. Al estar lejos del casino, Annie era una persona diferente. También actuaba de forma distinta, más relajada. A él le gustaba más esa Annie que la mujer segura de sí misma y fría que jugaba al póquer.

Pero eso no era todo. Había algo familiar y muy agradable en realizar juntos esas pequeñas actividades cotidianas. Era más significativo de lo que Nate había esperado.

Sí, hacer el amor con ella era genial, sin embargo, la experiencia de compartir la hora de cocina también era importante, de una manera diferente. Hasta ese momento, nunca habían tenido una vida doméstica en pareja. Hacía tres años, su matrimonio había sido una especie de interminable noche de bodas confinada a las paredes del hotel. Hacer la comida, ver la tele, incluso ir de compras, eran cosas que nunca habían hecho juntos, y eso era algo que lo entristecía. Quizá, su relación hubiera funcionado si lo hubieran intentado en el pasado.

Se suponía que, durante esa semana, tenía que hacer sufrir a Annie y sacársela de la cabeza para siempre, pero las cosas no estaban yendo como Nate había planeado.

–Tienes salsa en la mejilla –dijo ella, sacándolo de sus pensamientos.

–¿Qué?

Annie alargó la mano y le limpió la cara. Luego, se chupó el dedo y sonrió.

–Hace una salsa de tomate riquísima.

–Sí. Me dan ganas de pasar más tiempo en casa para que cocine para mí.

–¿Y por qué no lo haces?

Nate se encogió de hombros mientras tomaba unas rodajas de tomate y las colocaba en la pizza. La respuesta era que no tenía nada que lo esperara en casa. El trabajo siempre lo necesitaba. Su casa vacía, no tanto. Si hubiera tenido una familia, las cosas habrían sido diferentes.

–No hay ninguna razón, supongo.

–¿Entonces para qué tienes una casa?

–La compré cuando era una buena inversión. Así tengo un sitio adonde ir cuando no estoy en el trabajo. Y… –respondió él, y titubeó un momento–. Esperaba casarme algún día y tener hijos –reconoció, mirándola con una amarga sonrisa–. Pero las cosas no han salido como pensaba.

Annie esbozó una sonrisa forzada, antes de darle la espalda para seguir cortando el último tomate y la albahaca.

–Si nunca vienes aquí, ¿por qué me has traído hoy?

Nate se quedó paralizado. Había estado retrasando el momento para hablarle de ello, temiendo que lo estropearía todo. Pero la hora había llegado.

–Quería traerte aquí para preguntarte algo.

–¿Qué? –dijo ella, frunciendo el ceño.

–Quería alejarte del casino, del campeonato y del micrófono que registra todas tus palabras, con la esperanza de poder obtener una respuesta sincera por tu parte –confesó él, y colocó la última rodaja de tomate sobre la pizza–. Me preocupa la conversación que tuviste con el Capitán acerca de Eddie. Si Eddie está trabajando con una mujer, la lista de sospechosas es muy pequeña –señaló e hizo una pausa, observando cómo ella apartaba la mirada–. Pásame la albahaca.

Annie colocó las hojitas cortadas sobre la pizza con expresión neutral y se limpió las manos.

–¿Crees que Tessa es algo más que su amante?

–Tenemos que considerar esa posibilidad. Está apuntada al campeonato.

–Y te preocupa que yo no colabore para encarcelar a mi propia hermana.

–Espero que no lleguemos a ese punto, pero sí –afirmó él–. Gabe piensa que no vas a darnos información que pueda afectarla. O que igual uses nuestra relación como una treta para proteger a Tessa.

–¿Y tú? ¿También sospechas de mí?

Nate la miró a los ojos.

–Sí. Sería un tonto si no pensara que es una posibilidad –admitió él.

El rostro de Annie se contrajo una milésima de segundo, pero volvió a ocultar sus emociones enseguida, demasiado pronto como para que Nate detectara si lo que ella sentía era culpa, dolor o irritación.

–Deja que te tranquilice. Primero, fuiste tú quien me propuso este trato, así que no creo que puedas acusarme de usar nuestra relación para proteger a Tessa –señaló ella–. En segundo lugar, mi hermana y yo no estamos muy unidas. Ella no confía en mí, así que si crees que sé lo que está haciendo, te equivocas. Si tuviera alguna prueba de que ella u otra persona hacen trampas, lo diría para poder concentrarme en mi juego y dejar de llevar el maldito micrófono. Y, por último, me acuesto contigo porque quiero –aseguró, mirándolo a los ojos–. Eres el hombre más sexy que he conocido y no puedo evitar desearte.

A Nate se le hinchó el pecho de deseo. No sabía si era por la brutal honestidad de ella o por la forma en que lo miraba.

Antes de que él pudiera decir o hacer nada, Annie metió la pizza en el horno.

–¿Cuánto tiempo necesita para hornearse?

Nate examinó la nota de Ella.

–Dice que unos quince o veinte minutos, pero que debemos vigilarla y sacarla cuando la base esté dorada.

–De acuerdo –dijo Annie, y programó el horno–. Voy a darme una ducha rápida.

Acto seguido, se dio media vuelta y salió de la cocina, dejando que el pareo resbalara por sus caderas y se le cayera al suelo.


A Annie no le habían sorprendido las preguntas de Nate. Las palabras del Capitán la habían tomado desprevenida el día anterior, por eso se había atragantado. No había continuado la conversación después porque había tenido miedo de que fuera verdad. No quería dejar en evidencia a su hermana. Por otra parte, en ese momento, el único hecho que conocía con seguridad era que Tessa siempre había tenido muy mal ojo para elegir a los hombres. Y eso le había dicho a Nate.

Por el momento, su respuesta parecía haberlo satisfecho.

Cuando salió de la ducha, Nate había sacado la pizza y una jarra de té helado a la mesa del jardín. Después de comer, se tumbaron junto a la piscina y, cuando Annie estaba a punto de quedarse dormida, notó que él la estaba mirando. Al abrir un ojo, lo sorprendió contemplándola.

–Deberías estar desnuda bajo el sol más a menudo –dijo él con una sonrisa–. Te sentarían mejor las playas del Caribe que un casino lleno de humo.

Annie se imaginó en la playa con él. Sería toda una experiencia, pensó. Por el momento, había sido una experiencia pasar juntos unas horas en su casa, lejos del casino. Le había permitido intuir cómo podía ser la vida con él.

Annie había esperado que esa semana fuera una tortura. Nate le había dejado claro que quería hacerla sufrir. Sin embargo, en ese momento, se imaginaba a sí misma tumbada en una hamaca en la playa. Con él. Y, al imaginárselo, no se sentía agobiada, ni atada, ni le daban ganas de huir. Solo se sentía… genial. Y eso no era bueno.

—No se puede hacer dinero en la playa —comentó ella, sonriéndole—. Yo voy donde hay campeonatos. Si no hay un casino en la playa, no tengo nada que hacer allí.

Nate frunció el ceño.

—¿Nunca te tomas vacaciones?

—No —confesó ella, encogiéndose de hombros—. No me cuadra la idea de viajar para gastar dinero en vez de para ganarlo.

—¿Y de niña? ¿No fuiste con tu familia de viaja a Florida o al Gran Cañón?

—De niña viajé a todos los rincones del país, pero no de vacaciones. Nos mudábamos todo el rato. Mi madre estaba buscando algo que todavía no ha encontrado. Hasta la fecha, desconozco qué es.

—¿Y tu padre?

Annie intentó fingir indiferencia sin conseguirlo.

—Ella lo dejó. Y, al parecer, yo no le importaba a él lo bastante como para que viniera tras de mí. De todas maneras, mi madre no se lo hubiera permitido, pues estaba cambiando de lugar continuamente.

–¿De ahí lo has heredado?

–Supongo –admitió ella. Cuando había llegado a la mayoría de edad, se había convertido en una nómada sin remedio, igual que su madre. Había intentado resistirse, por eso se había comprado una casa en Miami y había encontrado una profesión que era la excusa perfecta para viajar. Aunque había otra diferencia importante con su madre. Ella estaba sola y podía hacer lo que quisiera. Nunca sometería a un niño a esa forma de vida.

–¿Por qué tuve que casarme con una mujer con una larga tradición de abandono a la pareja en su familia?

–Nunca deberías haberte enamorado en una gitana errante, Nate.

–Lo pensaré. Aunque te sugiero que no les digas eso a los hombres en tu primera cita.

Annie miró al cielo con una mueca.

–Creo que eres tú quien necesita vacaciones. Llevas matándote a trabajar desde hace años.

–Eso estaba pensando. Mi familia tiene una casa en Saint Thomas. No voy desde que era niño, pero igual es el momento. ¿Adónde irás después de aquí?

–Tengo otro campeonato dentro de unas semanas. Iré a Vancouver y a Montecarlo un mes después. No son vacaciones en el sentido estricto, pero tengo ganas de conocer Mónaco.

Nate se incorporó en su hamaca.

–¿Montecarlo? Siempre he querido ver la carrera de Fórmula Uno. Es a primeros de mayo, cerca de la fecha en que tú vas.

Nate no había dicho que quería ir con ella, pero había mostrado interés. Annie nunca había soñado con que él la siguiera a ninguna parte y, menos, a un campeonato de póquer. Siempre había imaginado su matrimonio confinado al Sapphire y así había sido. Él no había querido irse a ninguna parte ni había querido dejar que ella se fuera sola.

Suspirando, Annie se preguntó si Nate estaría cambiando de parecer.

–No quiero volver al hotel –dijo ella, relajándose bajo el sol–. ¿Podemos quedarnos aquí?

–Suena tentador, pero no vas a poder ganar el campeonato así –contestó él, riendo–. A pesar de todo tu talento, es imposible.

Annie rio.

–Qué aguafiestas.

Allí, alejados de los problemas que les rodeaban, una vida perfecta con vacaciones bajo el sol parecía posible. Pero, una vez que regresaran al Sapphire, Annie estaba segura de que la ilusión se desvanecería. Si Nate tenía razón y su hermana estaba implicada, su relación no era más que una bomba a punto de explotar. Y, si ella no se iba primero, intuía que sería él quien acabaría echándola.

# Capítulo Siete

Nate estaba ya cansado del campeonato y todavía quedaban tres días para que terminara. Celebrarlo en su casino era un excelente negocio pero, con Annie en su cama, por él podían desaparecer el campeonato y todo el caos que lo rodeaba.

Tras mirarse el reloj con impaciencia, comprobó que faltaban dos horas para que terminara el juego del día. Annie lo estaba haciendo bien. Ya había eliminado a tres personas de su mesa y, enseguida, pasaría a la siguiente ronda.

Él intentaba no centrarse solo en ella. Había docenas de mesas que vigilar y huéspedes importantes que entretener, pero no dejaba de volverse hacia ella una y otra vez. Annie parecía atraerlo por mucho que él intentara resistirse. Si hubiera sido listo, habría puesto distancia de por medio, pensó. Sin embargo, era demasiado tarde.

Y ya no quería separarse de ella.

Nate debía concentrarse. Debía prestar atención a los sospechosos. Annie estaba vigilando a otro jugador en su mesa, pero había murmurado en el micrófono hacía un rato que estaba limpio. Aunque él no pensaba rendirse. Su equipo de seguridad estaba observando las mesas por las cámaras, además de los vigilantes que había en la sala. Un par de ellos iban de incógnito y los demás llevaban el uniforme y los auriculares habituales. Gabe era el encargado de vigilar a Eddie. Y sus mejores hombres estaban vigilando a los demás sospechosos, incluida Tessa.

Por mucho que Annie hubiera insistido en que delataría a su hermana si fuera necesario, Nate sabía que no haría ningún esfuerzo para recoger pruebas contra ella. Si Tessa era algo más que la novia de Eddie, iban a ser sus hombres de seguridad quienes deberían descubrirlo.

La risa de Annie llamó su atención en medio del jaleo de la sala. Estaba preciosa con el pelo suelto y una blusa púrpura con bastante escote como para distraer a todos los jugadores. Algo que ella aprovechaba, inclinándose hacia delante de vez en cuando con gesto inocente. Si no tenía cuidado, alguien podría ver el pequeño micrófono negro que llevaba entre los pechos.

Con la mandíbula tensa, Nate se dijo que no le gustaba, aunque supiera que era parte de su estrategia de juego. Si era sincero, tenía que reconocer que estaba celoso como un marido de verdad. La frontera entre la farsa y la realidad se había difuminado mucho en los últimos días.

Respirando hondo, Nate intentó concentrarse en el juego. El rostro de Annie estaba lleno de serenidad y sonreía, de forma que era imposible adivinar cuál iba a ser su jugada. Contó las fichas que tenía y las echó al montón que había en el centro.

Sus dos oponentes destaparon las cartas. Uno de ellos le dio la mano a Annie y se levantó de la mesa. Ella había vuelto a ganar.

Lleno de orgullo, Nate intentó no sonreír. Su esposa tenía talento y belleza, y todos lo sabían.

Su esposa.

Petrificado, se dio cuenta de lo que acababa de decirse. A pesar de haber estado legalmente casado los tres últimos años, nunca había pensado en Annie como en su esposa. Apenas había tenido tiempo de hacerse a la idea de su matrimonio cuando ella se había ido. Sin embargo, en el presente, aunque sabía que estaban a punto de divorciarse y no volver a verse… ¿cómo era posible que, sin querer, la considerara suya?

Había creído hacer bien al dedicar esa semana al sexo como despedida. Centrarse en su conexión física había sido una buena idea. Lo malo era que no solo los gritos de placer ni el cuerpo desnudo de Annie le ocupaban la mente. Había empezado a pensar en el futuro, en la posibilidad de tener algo más con ella.

Nate tuvo la tentación de pedirle que se quedara para darle otra oportunidad a su relación. ¿Pero qué diría ella?

—¿Señor Reed? —llamó una voz en su recepción de radio.

—¿Sí? —contestó él, llevándose el aparato a los labios, tras apartarse del gentío.

—Señor, hemos detenido a alguien en el despacho de seguridad. Gabe solicita que venga.

Frunciendo el ceño, Nate miró hacia donde estaba sentada Tessa y suspiró aliviado al ver que ella seguía allí, bajo la atenta vigilancia de Richard, uno de sus agentes. Si, con suerte, no tenían que detener a Tessa, eso haría las cosas mucho más fáciles entre Annie y él, se dijo.

–Ahora voy.

Cuando llegó al despacho de seguridad, encontró a Gabe sentado en la mesa de reuniones con alguien a quien no reconocía. Era un tipo bajito y grueso con pelo grasiento y barba, de unos cincuenta años.

Al ver a Nate parado en la puerta, el extraño cerró la boca en medio de la conversación que había estado manteniendo con Gabe.

–¿A quién tenemos el placer de tener aquí hoy? –preguntó Nate a su jefe de seguridad.

–Keith Frye, un participante en el campeonato. Parece que nuestras cartas no eran lo bastante buenas para él y tuvo necesidad de traerse un par de las suyas.

–Solo quería…

–Está bien, señor Frye –le interrumpió Nate–. Lo comprendemos. Algunas personas prefieren usar sus propias cartas, sobre todo, cuando son mejores que las que las reparten en la mesa –añadió, y se giró hacia Gabe–. ¿Tenemos todo lo necesario?

–Sí, señor. La cámara tiene grabado el momento en que cambia las cartas del bolsillo a la mano. Notificaremos a las autoridades en cuanto terminemos aquí.

–Excelente –contestó Nate, satisfecho de que las cosas estuvieran bajo control. Al mismo tiempo, tenía curiosidad por saber por qué Gabe lo había mandado llamar para un asunto tan trivial.

–¡Yo no soy el único! –exclamó Keith cuando Nate iba a marcharse.

–Continúe –le invitó Nate, girándose hacia él con una sonrisa.

–Me dijo que tal vez me ayudaría si hablaba –explicó Keith, señalando a Gabe.

–Tal vez –recalcó Nate–. Oigamos lo que tienes que decir primero.

–Hay un tipo, Darrell. No conozco su apellido –dijo Keith, retorciéndose las manos con nerviosismo–. Hace un par de noches, estaba tomando una copa en el bar, cuando Darrell y otros dos se sentaron en la mesa de al lado.

No había ningún Darrell en su lista de sospechosos, pensó Nate.

–¿Conoce usted a ese Darrell?

–No, pero tenía un mandil de crupier doblado a su lado y el otro tipo lo llamó Darrell.

Nate apretó los dientes. Odiaba pensar que uno de sus empleados estuviera implicado en algo así, pero era inevitable.

–Estos tipos empezaron a hablar del campeonato y de lo que pensaban hacer. Yo fingí no estar escuchando, pero era fácil oírlo todo estando sentado tan cerca.

–¿Y? –preguntó Nate con ansiedad por conocer el resto de la historia.

–Y parecía que estaban planeando algo. Ese Darrell iba a hacer algo con las cartas. Entonces, se me ocurrió la idea de hacer lo mismo. Hablaban como si hubiera más gente implicada, jugadores, crupieres, hasta una chica.

–¿Una chica?

–Sí, llegó después al bar. Una mujer pelirroja que, después, se fue con el otro tipo.

A Nate se le encogió el estómago. La declaración de Keith parecía inculpar a la hermana de Annie sin lugar a dudas.

–¿Qué aspecto tenía el tipo que estaba hablando con Darrell?

–Delgado, pelo oscuro. Llevaba un sombrero vaquero. La chica era guapa y alta, con un buen trasero.

Nate tragó saliva. Con seguridad, estaba refiriéndose a Tessa y a Eddie.

–¿Algo más?

–No, eso es todo. ¿Es suficiente para que me ayudéis con la poli?

–Sí –afirmó Nate, apretando los puños–. Deje su información personal aquí, por si tenemos más preguntas, y puede irse. Estoy seguro de que el dinero que ha perdido al pagar el registro en el campeonato ha sido bastante castigo. Si vuelvo a verlo en este casino, no seré tan indulgente, señor Frye.

Acto seguido, Nate se giró hacia Gabe.

–Encuéntrame la información personal de ese Darrell. Y mira a ver si hay algo grabado por las cámaras de esa noche en el bar.

Gabe asintió y Nate salió como un tornado del despacho de seguridad. Tenía que alejarse de allí. Sumido en oscuros pensamientos, atravesó el pasillo a grandes zancadas y se dirigió a su suite.

Poco después, cuando estaba sentado ante su portátil, esperando la llegada de Gabe con el informe que le había pedido, oyó el ascensor. Pero no era su jefe de seguridad, sino Annie.

Ella se sentó en el borde del escritorio, con una sonrisa llena de confianza. Sin duda, había masacrado a sus oponentes en la mesa de juego. Sus ojos color zafiro se posaron en los de él un momento, antes de que su expresión alegre se apagara.

–¿Qué te pasa?

Nate tragó saliva, bajando la vista a las preciosas piernas de ella.

–Nada. Asuntos de trabajo –repuso él. No quería decirle nada más hasta que no tuvieran pruebas sólidas de la culpabilidad de Tessa.

–Ay, ay –le dijo ella en tono de reprimenda, se colocó detrás de él y le dio un suave masaje en los hombros.

Su contacto bastó para disipar los sombríos temores de Nate. Sus manos le recorrieron los tensos músculos como una masajista experta. En su presencia, el estrés del día no parecía tan insoportable.

–¿Sabes lo que te hace falta? Sumergirte en el spa –propuso. Entonces, se dirigió a la terraza, quitándose la ropa por el camino.

Nate se quitó el abrigo y la corbata, mientras seguía el reguero de prendas que ella había dejado por el suelo. La terraza daba a un jardín privado, donde había un lujoso spa, un bar con todo tipo de bebidas, una barbacoa y un espacio verde. Varios árboles plantados en grandes macetas impedían que alguien los viera desde los hoteles vecinos. Era el sitio perfecto para dos enamorados. Al menos, esa había sido la idea cuando había sido construido, aunque él apenas salía allí.

Cuando salió por las puertas de cristal, Nate vio a Annie metiéndose en las aguas calientes y burbujeantes de la piscina. Se había recogido el pelo en un moño en lo alto de la cabeza, aunque algunos mechones le caían por los hombros. Él se quitó la camisa despacio, con los ojos clavados en la espalda desnuda de ella.

Con el agua hasta los hombros, Annie se giró hacia él con una sonrisa. El vapor del agua había humedecido su pelo y le había sonrosado las mejillas.

–Bueno, ven –llamó ella.

Nate obedeció, tirando sus ropas en el suelo del patio. Apenas notó el agua caliente cuando se sumergió. Estaba concentrado en Annie. Necesitaba tocarla con urgencia.

Cuando llegó a su lado, se acuclilló delante de ella y le separó los muslos con las manos. Ella lo rodeó con sus piernas por cintura.

Nate se sentó entonces, colocándose a su mujer a horcajadas encima de él.

–Mmm –murmuró ella, apretándose contra él–. ¿Quieres hablar del mal día que has tenido?

–¿Qué mal día? –replicó él con una sonrisa.

Annie cerró los ojos para disfrutar de la experiencia con toda intensidad. Le sorprendía lo rápido y fácilmente que Nate podía llevarla al borde del clímax. Parecía que lo hacía sin esfuerzo, como si tuviera el manual de instrucciones de su cuerpo.

En la posición en la que estaban, los pechos de Annie quedaban a la altura de su boca. Nate pasó la punta de la lengua entre ambos y se dedicó a trazarle un camino de besos por los costados, muy despacio, hasta llegar a sus pezones endurecidos.

Siguió succionando y mordisqueándola, mientras le sujetaba el trasero con las manos para guiar sus movimientos, deslizando su miembro por su parte más íntima una y otra vez.

Annie se mordió el labio inferior, disfrutando de la fricción y ansiando que la penetrara. Sin embargo, él parecía dispuesto a alargar aquella deliciosa tortura todo lo que pudiera.

Se metió uno de los pezones de Annie en la boca y succionó con fuerza. Ella gritó de placer, apretando las caderas contra él con desesperación.

Nate se puso en pie, levantándola con él, y la sentó en el otro borde de la piscina de hidromasaje. Acto seguido se arrodilló delante de ella. Le recorrió el estómago con sus besos, bajando poco a poco.

Annie no sabía cuánto iba a poder aguantar. Nate podía conseguir lo que fuera de ella con las caricias de sus manos y su lengua.

No era justo. Ella no había tenido apenas oportunidad de corresponderle. Nate estaba por completo centrado en darle placer, sin embargo, ese día era él quien necesitaba atención.

–¿Nate? –susurró ella, temblando de deseo.

–¿Sí?

–Es mi turno –dijo ella con una sonrisa y, sin previo aviso, se metió dentro del agua. Sin dejar de mirarlo, lo besó en el vientre, acariciándole los tensos músculos con las manos.

Nate era tan alto que, al estar de pie, su gran erección sobresalía por encima del agua. Annie aprovechó la coyuntura para deslizarle uno de los pezones por la punta. Él cerró los puños, estremeciéndose.

A continuación, sin darle tiempo para prepararse, se metió su erección en la boca. Se la recorrió con la lengua de arriba abajo, mordisqueándola con suavidad. Empezó a moverse más deprisa, notando cómo la tensión de él iba creciendo. Entonces, aminoró el ritmo para torturarlo con su lentitud.

Al parecer, fue demasiado para él. Con un rugido, agarró a Annie y se la colocó encima, penetrándola con la mirada.

Cuando ella sonrió, él le devoró la boca con desesperación, hasta dejarla sin respiración. En ese momento, la magnitud de su deseo la dejó fuera de combate. Ella tuvo que darse la vuelta, apoyando la espalda en el pecho de él para no verle los ojos. Casi le asustaba leer en ellos lo mucho que la deseaba. Pero más miedo le daba reconocer lo mucho que ella ansiaba estar entre sus brazos.

Annie siempre se había sentido sin aire cuando alguien había intentado atraparla. Sin embargo, a diferencia de lo que había sucedido en el pasado, el abrazo de Nate le producía una sensación de protección y seguridad.

El pánico habitual que había sentido hacía años ya no estaba allí, reconoció ella, desconcertada. Tomando aliento, dejó que la firme erección de él descansara entre sus glúteos.

Con un gemido que hizo que los pensamientos de Annie se desvanecieran, Nate la rodeó de la cintura, la sentó encima de él y la penetró.

Mientras la sujetaba con fuerza, apretándole los pezones con los dedos, ella subía y bajaba encima de él.

Con el orgasmo que no se hizo esperar, Annie comprendió que sus barreras se habían derrumbado por completo. No solo deseaba a Nate. Estaba enamorada de él. Y eso la asustaba más que nada en el mundo.

Cuando Annie terminó de jugar al día siguiente, todavía le quedaba un poco de tiempo libre antes de la cena. Lo más probable era que Nate estuviera paseándose por las mesas, intentando mantener las distancias con ella para no distraerla. Sabía que Gabe quería que hablara con algunas personas y recabara más información. Por esa razón, optó por hacer lo contrario y se fue a observar un par de partidas que todavía no habían terminado en otras mesas.

Le sorprendió encontrar a Tessa jugando todavía. Lo cierto era que no había creído que siguiera en el campeonato. Había cinco jugadores en su mesa, incluida su hermana. Con una rápida ojeada, adivinó que dos de ellos estaban a punto de abandonar la partida, pues apenas les quedaban fichas.

El público aplaudió cuando Tessa ganó esa mano. Annie se mordió el labio, observando cómo reunía sus fichas en una montañita. Le estaba yendo muy bien, a pesar de que Paul Stein, uno de sus oponentes, era un jugador excepcional que había ganado varios campeonatos.

Solo eso debería haber bastado para que Annie se hubiera alejado de allí cuanto antes. Pero no lo hizo.

Después de unas cuantas manos más, Tessa y Paul se fueron turnando la victoria, hasta que otro de los jugadores abandonó la partida. Entonces, Annie se dio cuenta de algo extraño. Tessa estaba moviendo las manos demasiado, delatando nerviosismo.

Una de las primeras cosas que ella le había enseñado a su hermana era que no debía mover las manos en la mesa de póquer. Sin embargo, después de mirar sus cartas, Tessa comenzó a retorcerse el anillo que llevaba en el dedo. Además, algo en sus movimientos parecía extraño y deliberado. El jugador que tenía enfrente se retiró de esa mano, a pesar de que había mucho dinero apostado.

En la siguiente mano, Tessa se enredó un mechón de pelo en un dedo con aire ausente. Solo Annie sabía que eso no era algo que Tessa soliera hacer. El jugador que tenía delante aumentó la puesta y, luego, pasó, lo que le dio a su hermana un montón de fichas más.

Para Annie, era obvio que Tessa estaba compinchada con el otro jugador. Ella conocía bien los tics de su hermana y sabía que todos aquellos gestos que estaba haciendo no eran naturales, sino forzados. En los campeonatos, la mayoría de la gente no se preocupaba porque hubiera personas que trabajaran en pareja para hacer trampas, pues los lugares de las mesas se asignaban de forma aleatoria. Era necesario tener un contacto dentro de la organización para asegurar que dos compinches se sentaran juntos.

A Annie se le hizo un nudo en la garganta cuando vio que Tessa fingía no tener buenas cartas, para que los demás jugadores apostaran alto. En ese momento, Paul estaba pensando cuánto apostar. Todo el mundo tenía los ojos puestos en él, incluso los agentes de seguridad que deberían estar vigilando a Tessa.

Todos, excepto Annie. Ella tenía los ojos clavados en su hermana, que de nuevo se estaba enredando un mechón de pelo en un dedo. El resultado, como antes, fue que su pareja apostó alto. Entonces, Tessa levantó la vista y sorprendió a su hermana mirándola con gesto de desaprobación.

Antes de esbozar una forzada sonrisa, Tessa se quedó unos momentos paralizada. Sabía que Annie la había descubierto, pero confiaba en que su hermana no fuera una amenaza para ella. Con la mirada, le rogó que no la delatara.

De pronto, Annie sintió que no podía respirar. Desde que había visto a Tessa y a Eddie juntos, había estado temiendo que llegara ese momento. Necesitaba salir de allí cuanto antes.

Sin quedarse para ver cómo terminaba la partida, Annie se giró y comenzó a hacerse sitio para pasar entre la multitud.

Sin pensárselo, decidió dirigirse al ascensor que llevaba a la azotea del hotel.

–¿Annie?

Alguien la llamó, pero ella no pudo detenerse para averiguar quién era. Se metió en el ascensor e introdujo su tarjeta de acceso para ir directa a la azotea.

–¡Annie! ¡Espera!

Era la voz de Nate, corriendo hacia ella. Sin embargo, Annie lo ignoró. Tenía que apartarse de todo, incluso de él.

Las puertas se cerraron y el ascensor la llevó arriba como un rayo. Cerró los ojos y comprobó con alivio que cada vez le iba resultando más fácil respirar. Cuando se abrió la puerta, se sentía mucho mejor.

Respirando hondo, salió a la enorme azotea del hotel. Se agarró a la barandilla con manos temblorosas.

Se quedó parada un buen rato, esperando que el corazón volviera a latirle con normalidad.

Le había fallado a Tessa. Si hubiera sido una buena hermana, Tessa no habría acabado metida en esa situación ni se habría dejado manipular por un hombre.

¿Qué podía hacer? Nate quería asegurarse el contrato del campeonato. Y ella no tenía dudas de que arrestarían a Tessa cuando tuvieran bastantes pruebas. Encima, le había dicho a Nate que, si ella tuviera alguna evidencia de la culpabilidad de su hermana, se lo contaría. Lo malo era que, a pesar de que no había estado buscando tales pruebas, se había topado con ellas sin quererlo.

¿Cómo iba a elegir entre su hermana y el hombre al que amaba?

No debería haber vuelto al Desert Sapphire, ni por el campeonato, ni por el divorcio. Nada justificaba el drama que se desenvolvía ante sus narices. Al final, todo el mundo sufriría, incluso Nate, a pesar de que ella se había prometido a sí misma no volver a hacerle daño.

Sola en la oscuridad de la noche, Annie dejó derrumbarse su última barrera. Las lágrimas comenzaron a brotarle a borbotones y lloró como no había llorado desde hacía años. Cuando, al fin, sus sollozos cedieron y tenía la cara roja e hinchada, tuvo que admitir que se sentía mejor. Sus problemas seguían siendo los mismos pero, al menos, se había librado de tanta tensión contenida.

–¿Annie?

La voz de Nate resonó al otro lado de la azotea, pero ella no se giró. No quería que la viera así.

Él le apoyó una mano en el hombro y le dio un suave masaje, llenándola de calidez.

–¿Estás bien?

Annie asintió, temiendo que, si hablaba, él sabría que no era cierto.

–Di la verdad, Annie. ¿Qué te pasa?

–Nada –mintió ella, y se secó las lágrimas antes de girarse hacia él–. De veras.

–Mientes fatal, señora Reed.

A Annie se le contrajo el estómago por la forma en que él dijo esas palabras. Su voz estaba impregnada de preocupación y sentimiento. Ella, sin embargo, había aprendido a no delatar sus propias emociones. Su madre siempre le había enseñado que exponerlas era signo de debilidad. Era una habilidad que le había servido para triunfar en el póquer. Llevaba tanto tiempo ocultando sus sentimientos que no sabía cómo abrirse a Nate.

Él le deslizó una mano por la barbilla, alzándole el rostro con suavidad. Annie lo miró a los ojos y se sumergió en la calidez y el consuelo que le ofrecían.

Él le quitó la cinta grabadora de la espalda y la apagó.

–¿Necesitas salir del hotel un rato?

Annie había esperado que, al notar su momento de debilidad, él se aprovechara y tratara de sonsacarla. Pero, en vez de eso, le estaba ofreciendo ayuda. Ella no estaba preparada para admitir que había visto a Tessa hacer trampas. Ni para confesar que lo amaba y le aterrorizaba perderlo a causa de todo aquello.

Nate aceptó su silencio como un sí y la abrazó. Ella enterró la cabeza en su pecho, conteniéndose para no decirle las palabras que tenía en la punta de la lengua.

–He reservado mesa en el restaurante Torre Eiffel esta noche –indicó él, y le dio un suave beso en la mano.

Aquel gesto amoroso llenó a Annie de calidez. Estaba hundida y, a pesar de todo, seguía deseándolo. Ansiaba sentir el placer que siempre compartía con él, además de la seguridad y el consuelo que le ofrecían sus brazos.

Nate la besó en la muñeca y siguió subiendo por la parte interior del brazo, trazándole un dulce camino de besos en la piel.

Apoyándose en él, Annie cerró los ojos y se dejó llevar por aquella deliciosa sensación, ofreciéndole el cuello para que la besara. Si iba a perderlo todo, debía disfrutar de su sabor y sus caricias hasta el último momento, decidió.

–¿Nate?

–¿Sí? –le susurró él al oído.

–¿Para qué hora tienes la reserva?

–Para dentro de dos horas.

–Bien. Llévame a la suite.

Nate lo había arreglado todo para que los recogiera una limusina y los llevara al hotel París. Allí, el restaurante Torre Eiffel tenía unas vistas preciosas.

Además, había pedido un menú degustación de ocho platos con las especialidades del chef, excepto el caviar, pues sabía que a Annie no le gustaba. Como siempre, a ella le impresionó la capacidad que él tenía para recordar los detalles y hacerla sentir especial. Era un poderoso afrodisíaco tener a alguien tan preocupado por sus deseos y necesidades, dentro y fuera del dormitorio.

–Eres un seductor –dijo ella, y tomó un trago de agua de una copa de cristal–. Es difícil para una mujer resistirse a tus encantos cuando te lo propones.

–¿A qué te refieres?

–Cuando te centras en alguien, te aseguras de que todo sea perfecto, que tenga todo lo que desea. Es una sensación muy intensa.

–¿Los otros hombres con los que has estado no te han tratado así?

–La mayoría de los hombres no lo hacen –repuso ella, riendo con suavidad.

–Son unos tontos.

—Dime la verdad —pidió ella, inclinándose hacia él—. ¿Tratas así a todas las mujeres?

—No. Solo a ti.

Annie tragó la comida que tenía en la boca con dificultad. Siempre se había dicho que el encanto de Nate era parte de una estrategia de trabajo y que a ella la trataba igual que a cualquier otro cliente. Saber que no era el caso era excitante e inquietante al mismo tiempo.

Su situación era, cuanto menos, complicada. Se estaban acostando juntos, sabiendo que pronto se divorciarían. Aun así, el corazón se le llenaba de felicidad cada vez que él sonreía. Las cosas habían cambiado, reconoció Annie, e imaginarse que se separaría de Nate en pocos días estaba empezando a resultarle insoportable.

Sin embargo, a pesar de lo que sintiera, el divorcio era lo mejor. Los dos querían cosas diferentes en la vida. Ella lo sabía, pero su corazón se negaba a asimilarlo y ansiaba confesarle a Nate que lo amaba.

Solo de pensarlo, Annie se estremeció. ¿Cómo iba a confesarle una cosa así? Sobre todo, cuando la situación con su hermana era tan delicada. No podía ofrecerle a Nate su corazón. ¿O sí?

La velada transcurrió de forma relajada, mientras charlaban y comían animadamente.

Después de pagar, bajaron a las fuentes y se quedaron junto a la barandilla, ante el gran estanque. Nate la rodeó de la cintura para darle calor y protegerla de la suave brisa de la noche.

–Te va a encantar –le susurró él, dándole un beso en la mejilla. Ella le había dicho que nunca había visto el espectáculo antes.

Allí, ante el juego de chorros de agua, música y luces de colores, Annie estuvo tentada de confesarle que lo amaba. Necesitaba explicarle por qué se había ido y lo mucho que lo había lamentado en los últimos tres años.

Cuando el espectáculo terminó, el público se dispersó y solo quedaron ellos.

–¿Te ha gustado?

–Sí, ha sido maravilloso –contestó ella. Aunque no tan maravilloso como estar con él. Si no le contaba lo que sentía en ese momento, quizá nunca volviera a tener la oportunidad de hacerlo, pensó. Si no hubiera visto a Tessa hacer trampas esa noche, tal vez, encontraría la confianza necesaria para abrirle su corazón, sin miedo a que eso lo estropeara todo. Pero debía hacerlo de todas maneras. Si lo hacía antes de que se destapara el engaño de su hermana, tal vez, su relación tendría una oportunidad de sobrevivir.

Annie se giró para mirarlo. Los ojos de él, llenos de ternura, le dieron el valor que necesitaba para hablar.

–Yo… yo… quiero quedarme –dijo ella al fin, atragantándose con las palabras.

–¿En las fuentes?

–No –continuó, y tomó aliento–. Quiero quedarme contigo… después del campeonato.

Nate la observó sorprendido, pero no dijo

nada, como si no pudiera creer lo que acababa de oír.

—Estos días han sido maravillosos. No estoy preparada para renunciar a lo nuestro todavía. Si estás dispuesto, me gustaría intentarlo otra vez, porque… —señaló ella e hizo una pausa, con el corazón en la garganta—. Te quiero.

Nate tragó saliva como respuesta. Sus ojos oscuros parecían estar llenos de contradicción. Sin duda, él no había olvidado el dolor de su abandono, adivinó Annie. Lo único que ella podía ofrecerle eran recuerdos nuevos y mejores.

Annie apartó la vista.

—Si no te interesa, lo entiendo. Sé que nuestro trato no incluía esto. Sé que tienes razones para no perdonarme por lo que te hice. Pero siempre te he amado. Incluso en el pasado. Lo que pasa es que me asusté. Tenía tanto miedo que no pude soportarlo. Sin embargo, estar lejos de ti ha sido peor. He aprendido a vivir con el dolor pero, al haber vuelto aquí, creo que no podría seguir haciéndolo. No quiero irme.

—Pues no lo hagas —repuso él, apretándola contra su pecho. Quédate conmigo.

Annie cerró los ojos y apoyó la cabeza en su hombro. No era una declaración de amor, pero tampoco la estaba rechazando.

Todavía había esperanza de que, con el tiempo, él llegara a amarla de nuevo.

# *Capítulo Ocho*

Nate no pudo dormir. Se despertó antes del amanecer, nervioso. Algo le preocupaba, pero no conseguía saber qué. Debería estar feliz. Annie quería quedarse con él. Le había confesado que lo amaba. Sin embargo… no podía creerla del todo. Ella le había dicho lo mismo antes de abandonarlo en el pasado. ¿Qué cambiaba en esa ocasión?

Sin hacer ruido para no despertarla, se levantó y se dirigió a su despacho. Encontró el informe que le había pedido a Gabe sobre Darrell Thomas encima de la mesa.

Nate tenía demasiados empleados como para saberse el nombre de todos. Al mirar su foto, no lo reconoció. Su aspecto era bastante anodino, el tipo de cara que uno veía y olvidaba al instante. Según el informe, no tenía antecedentes. Tenía buenas referencias, diez años de experiencia como crupier, los dos últimos en el Sapphire.

Nate apretó la mandíbula al pensar que la gente como ese Darrell había estado a punto de destruir el casino cuando su padre había estado al mando. Pero él acabaría con esos chacales.

Como sabía que Gabe dormía tan poco como él, se le ocurrió llamarle por radio.

–Hola. Todavía no me he acostado –repuso Gabe al instante–. He estado viendo los vídeos de ayer. Igual quieres venir. Hay uno interesante.

Nate frunció el ceño. La noche anterior, después de haber visto a Annie tan disgustada, había llamado a Gabe y le había pedido que buscara el vídeo que mostraba lo que ella había estado haciendo esa tarde. Cada rincón del casino estaba equipado con una cámara de vigilancia, así que no sería difícil. Annie no era la clase de mujer que se entregaba al llanto, por eso, intuía que algo grave le había pasado. Algo que ella no había querido contarle.

–Ahora bajo –dijo Nate, se vistió y se dirigió al despacho de seguridad, donde encontró a su amigo delante de un monitor–. ¿Qué tienes?

–Bueno, he tardado un poco en encontrar lo que me pediste, pero aquí está. Creo que ha merecido la pena.

Un sombrío presentimiento le anidó en el estómago mientras clavaba los ojos en la pantalla.

–Aquí está –indicó Gabe.

En el vídeo, Annie estaba observando una partida en una mesa, aplaudiendo y asintiendo de vez en cuando.

–¿Qué mesa es?

–La cinco.

Nate revisó los resultados de las partidas del día anterior. La ganadora de la mesa cinco había sido Tessa Baracas. Había vencido a unos cuantos jugadores muy experimentados.

–¿Tessa ganó a Paul Stein?

–Sé que es raro que venciera a un antiguo campeón. Quizá ha tenido un poco de ayuda. Mira el nombre del crupier.

Nate maldijo al comprobar, en el informe de mesas del día anterior, que se trataba de Darrell Thomas.

–Sé que le hemos dejado seguir repartiendo para intentar recabar pruebas contra él. Dime que tenemos algo, por favor –pidió Nate.

–Por el momento, no. Es bueno haciendo trampas.

Al seguir observando el vídeo, Nate vio cómo la expresión de Annie cambiaba. Su rostro se contraía y meneaba la cabeza mientras miraba a Tessa. Entonces, empezó a respirar muy deprisa, se llevó la mano al pecho y desapareció de la escena.

Al parecer, lo que Annie había visto no solo le había resultado malo, sino inesperado. Aun así, tampoco había acudido a él para contárselo, caviló Nate.

–No le ha gustado nada lo que ha visto –comentó Gabe–. Eso despertó mi curiosidad y seguí investigando –añadió, y puso en la pantalla otra cinta–. Esta es de la cámara que hay sobre las cabezas en la mesa cinco. Tenemos a Paul aquí, Tessa aquí y Darrell Thomas dando las cartas –señaló.

Lo observaron en silencio, intentando detectar cómo hacían trampas, pero era difícil de descubrir. Darrel repartía. Ella miraba sus cartas y empezaba a jugar con su pelo. No era suficiente prueba.

–Rebobina –pidió Nate. Sin embargo, tampoco la segunda vez consiguió descubrir dónde estaba la clave.

–Espera. Mira lo que pasa ahora.

Nate contempló en la pantalla cómo Tessa levantaba la vista y clavaba los ojos en un punto de la multitud.

–Creo que Annie se percató de la trampa –opinó Gabe–. Parece que Tessa está mirando hacia donde está su hermana, luego, Annie menea la cabeza. Quizá, se comunicaron en silencio de alguna manera y eso hizo que Annie entrara en pánico y se fuera corriendo.

–Maldición –dijo Nate, sintiéndose como si acabaran de golpearlo en el estómago–. No me extraña que estuviera disgustada. Sabe que tiene la prueba que necesitamos.

Eso era justo lo que había preocupado a Nate. Se había resistido a confesarle sus sentimientos cuando ella le había declarado su amor porque había presentido que lo había estado engañando.

Él quería confiar en Annie. Quería poder creer en ella y que su confesión de amor fuera algo más que una treta para proteger a su hermana.

Sin embargo, Nate sabía que no podía. Cuando una persona se sentía contra la espada y la pared, era capaz de hacer o decir cualquier cosa para salvarse. La verdad era que Annie había ido a Las Vegas para jugar al póquer y para conseguir el divorcio, no para reconciliarse. Su oferta podía ser solo un truco.

O, quizá, lo había dicho en serio y estaba experimentando un conflicto de emociones acerca de lo que sabía de su hermana.

En cualquiera de los dos casos, cuando terminara el campeonato, estaba seguro de que la perdería, sin importar lo que hiciera o dijera.

–Y la cosa va a empeorar –comentó Gabe, sacándolo de sus pensamientos–. Mira el horario de hoy.

Nate echó un vistazo al papel y, enseguida, vio el nombre de Annie entre los pocos jugadores que iban llegando a la final. Jugaría en la mesa seis, igual que Tessa.

–¿Cómo diablos han terminado en la misma mesa? Eso va contra las normas del campeonato. Me cuesta creer que Patricia no se haya dado cuenta.

–Sí. Como dijiste, alguien debe de estar manejando los horarios y la disposición de las mesas. Lo más probable sería que alguien protestara, pero las dos han estado jugando tan bien que los demás participantes estarán ansiosos porque una derrote a la otra. Además, a nosotros podría servirnos –señaló Gabe–. Por el momento, no tenemos pruebas contra Tessa o Darrell, ni siquiera el testimonio de Keith Frye sería suficiente. Necesitamos más tiempo. Y solo una persona de esa mesa llegará a la final mañana. Si pudieras conseguir que Annie dejara a Tessa ganar, tal vez…

–Imposible –le interrumpió Nate. No tenía sentido dejarle continuar–. Annie nunca aceptaría. Este campeonato es muy importante para ella.

–De acuerdo –repuso Gabe con un suspiro–. ¿Y si le pedimos que nos ayude a dejarlos en evidencia? Si vio lo que pasó ayer, debe de saber cómo trabajan. Si nos lo cuenta, podremos vigilarlos mejor. Igual podemos pillarlos en el momento. O, si ve que lo vuelven hacer, nos puede avisar de alguna manera.

–No sé, Gabe.

–¿No crees que esté dispuesta? Ella quiere ganar. Si Tessa hace trampas, es posible que Annie no llegue a la siguiente ronda. No sé a ti, pero a mí me irritaría, aunque fuera mi hermana.

–Nate asintió. Tenía razón. Si Annie tuviera que elegir entre el campeonato y su hermana, escogería lo primero, caviló. Debía de pensar una forma de proponérselo para convencerla.


Cuando Annie llegó a la zona de juego a la mañana siguiente, no vio ni a Nate ni a Tessa, lo cual fue un alivio. Necesitaba centrarse en el campeonato y ver a cualquiera de los dos solo le recordaría la difícil posición en que se encontraba.

Si lograba la victoria ese día, habría llegado más lejos que nunca en un campeonato. Y se llevaría un jugoso premio aun si la eliminaban en la primera mano, pensó, sonriendo y caminando hacia la mesa con excitación.

Solo había otros dos participantes sentados cuando llegó. No conocía sus nombres, pero le sonaban sus caras. Eran buenos, pero ella era mejor.

Como aún quedaban unos minutos para que empezara la partida, tomó asiento y cerró los ojos para relajarse un momento.

–Annie, ¿puedo hablar contigo en privado un momento? –le preguntó Nate con voz tensa, acercándose a su oído.

–¿Qué pasa? –preguntó ella, frunciendo el ceño.

Nate la tomó del brazo y la llevó fuera de la zona del campeonato.

–Hay un problema. Es Tessa –señaló él con rostro grave.

Annie se quedó petrificada. Lo había descubierto.

–¿Qué pasa con ella? –preguntó Annie, mirándolo a los ojos para adivinar qué era lo que sabía exactamente.

–He visto las grabaciones. Sé que la viste.

–Nate, yo…

–No te molestes en explicarlo.

–De acuerdo –repuso ella, confusa por su reacción, pues había esperado que él estuviera enfadado–. Entonces, ¿qué quieres?

–Quería advertirte de que Tessa va a jugar en tu mesa hoy.

Annie soltó un gemido. Era terrible tener que enfrentarse a su hermana en el torneo, pero peor todavía era saber que Tessa podía eliminarla haciendo trampas.

–¿Cómo es posible?

–Alguien ha manipulado la parrilla de jugadores. Pero es tu oportunidad de exponerlos. Dime cómo lo hacen. Necesitamos saberlo para poder detenerlos.

–No.

–Annie –insistió él con tono frío y calmado–. Ya es demasiado tarde para salvarla.

Ella lo miró suplicante.

–No sabía nada hasta ayer –musitó derrotada.

–¿Qué fue lo que viste?

–La vi hacer señas a otro jugador. Todos sus gestos son deliberados. Su pareja hace que las apuestas suban para ayudarla a ganar.

Él asintió.

–Vamos a necesitar que nos ayudes a capturarlos.

–No me pidas eso, Nate –rogó ella–. Aunque tengo más ganas que tú de meter a Eddie en la cárcel.

–Annie, por favor. Necesitamos más pruebas para acusar a Eddie.

Darles las pruebas que necesitaban solo serviría para incriminar a su hermana, sin ninguna garantía de que, con ello, fueran a detener a Eddie. Annie se cruzó de brazos, intentando levantar sus defensas contra Nate. Lo amaba, sí, pero tenía que protegerse a sí misma.

–No. Te he dicho lo que vi. Tus agentes de seguridad tendrán que hacer el trabajo sucio.

Acto seguido, se arrancó el micrófono que llevaba pegado a la piel y se lo entregó.

–Tengo que irme.

Sin pensárselo más, Annie se dio media vuelta y se fue.

Tomó asiento en su puesto, dos sitios a la izquierda de Tessa. No saludó a su hermana ni a los demás participantes. Tampoco miró a su alrededor para ver si Nate o el resto de agentes de seguridad estaban observándola. Solo pensaba concentrarse en las cartas.

Sin embargo, no podía ignorar su dolor. Había perdido su segunda oportunidad con Nate y, además, su hermana iría a la cárcel de todas maneras.

Annie tardó una hora y media de juego en empezar a sentirse a gusto. No le iba mal. Había ganado varias manos y uno de sus oponentes estaba a punto de ser eliminado. Tessa había jugado bien y había ganado alguna mano, pero no había hecho nada sospechoso. Ese día, no se toqueteaba demasiado los pendientes, ni el anillo, ni el pelo.

Annie eliminó al primero de los participantes. Cuando se puso en pie para darle la mano, vio a Nate detrás de él. La estaba observando, como había hecho durante toda la semana, aunque ya no lo hacía con orgullo. Estaba cruzado de brazos, con cara de pocos amigos.

Apartando la vista con rapidez, Annie volvió a sentarse y siguió con su juego. No podía dejar que él la distrajera. Sin embargo, después de recibir sus cartas, frunció el ceño, notando que Nate seguía con los ojos clavados en ella.

–¿Señora Reed?

La voz del crupier la sacó de sus pensamientos.

Todos los jugadores la estaban mirando, incluida Tessa.

–Lo siento –se disculpó Annie, y colocó algunas fichas sobre la mesa.

Durante la siguiente hora, no volvió a dejarse distraer. Al mirar a su alrededor, comprobó que Nate y Gabe no estaban allí. Entonces, levantó la cabeza hacia la cámara que había sobre la mesa. Sin duda, la estaba vigilando desde el despacho. Mejor, se dijo, así no tendría que sentir el gesto de decepción de Nate clavado en ella.

Cuando comenzó el juego de nuevo, Annie echó un vistazo a las fichas que tenía su hermana. Necesitaría unas cuantas manos para eliminarla, pensó. Luego, miró al crupier. Nunca había jugado con él antes. Y había un jugador al que no conocía. Podía estar compinchado con Tessa.

Siguieron jugando sin que Annie consiguiera mucha ventaja sobre Tessa. Pocas manos después, solo quedaban tres participantes. Si iba a eliminar a su hermana, debía hacerlo cuanto antes.

Annie miró las cartas nuevas que acababan de repartirle. Eran bastante buenas, así que apostó en consonancia. Cuando le llegó el turno a Tessa, apostó también. El otro jugador pasó. Annie subió su apuesta y Tessa puso todas sus fichas sobre la mesa.

Annie titubeó un momento. Sin duda, su hermana sabía algo que ella ignoraba. No podía olvidar que estaba haciendo trampas. Debía de tener unas cartas muy buenas. Ella tenía bastantes fichas como para igualar su apuesta sin perderlo todo. Por otra parte, si pasaba, Tessa ganaría seguro.

Respirando hondo, Annie igualó la apuesta. Ambas mostraron sus cartas. Hubo un murmullo general de expectación entre el público, pues sus jugadas eran igual de buenas. La victoria ya no dependía de ninguna de las dos participantes. Estaría determinada por la quinta carta comunitaria.

Annie cerró los ojos y contuvo el aliento.

—¿Qué diablos está haciendo? —dijo Nate, apartándose del monitor—. Está intentando sacar a Tessa del juego.

Annie estaba haciendo lo único que podía hacer para proteger a su hermana y su propio juego.

—Vaya —dijo Gabe, meneando la cabeza—. Las dos tienen unas cartas muy buenas.

Nate se inclinó hacia la pantalla.

—¡Increíble! El as de corazones, tío. Tessa está fuera —exclamó Gabe.

—¡Maldición!

—No hemos conseguido ninguna prueba contra ella.

—Haz que un agente de seguridad escolte a Tessa abajo. No tenemos nada, pero ella no lo sabe —indicó Nate—. Es joven e inexperimentada. Con un poco de presión, hablará.

\*\*\*

Annie no quería volver a la suite después de terminar la jornada, así que se quedó dando vueltas por el casino. Intentando alejarse de las mesas de póquer y las cámaras todo lo posible, terminó en un pasillo donde una señal indicaba el camino hacia el gimnasio y el salón de belleza.

Quizá era un buen momento para hacerse la manicura, pensó. Así, al menos, retrasaría un poco más el encuentro con Nate.

–Hola, señora Reed –saludó Jerry, uno de los encargados de planta del Sapphire.

–Buenas tardes, Jerry. Voy a hacerme la manicura como premio por haber tenido tan buen día en el campeonato.

–Lo siento, pero voy a tener que interrumpir sus planes y escoltarla arriba.

Annie se quedó helada. Nate debía de estar tan furioso con ella que había enviado a uno de sus encargados a buscarla.

–Jerry, yo… –balbució ella, dando un paso atrás. Al ver la pistola que llevaba en una mano, supo que no tenía muchas oportunidades de escapar.

Jerry la agarró del brazo con la mano que tenía libre.

–Será mejor si me acompaña sin montar una escena.

Annie asintió, dejándose llevar. Al principio, pensó que debía de ser una demostración de lo ruda que podía ser la seguridad en el casino. Pero, enseguida, según Jerry la alejaba cada vez más de la zona del hotel donde estaban las cámaras, comenzó a pensar que algo no iba bien. Los encargados de seguridad de planta no llevaban armas.

Sin embargo, era demasiado tarde. Cada vez se adentraban más en los pasillos interiores del casino, alejándose de la posibilidad de que alguien pudiera verlos por los monitores. Si, al menos, se hubiera dejado puesto el micrófono…

Subieron por unas escaleras hasta un pasillo de habitaciones en una de las zonas más viejas del hotel. Annie nunca había estado allí antes.

Jerry no la miró mientras andaban, hasta que se detuvo delante de una puerta con un cartel de privado y la abrió.

Más que una habitación de hotel, parecía un despacho, con un escritorio lleno de papeles, un espacio para sentarse y una televisión.

–¿Dónde estamos?

–Solía ser el despacho de George Reed. Aquí se tomaron algunas decisiones importantes. Nate, por supuesto, quería algo más vistoso cuando se hizo cargo del casino, así que me permitió ocupar este despacho cuando volví a trabajar para él.

–¿Y qué hacemos aquí?

Antes de que Jerry respondiera, Eddie Walker entró por la puerta. Los temores de Annie se confirmaron. Aquello no tenía nada que ver con Nate, sino con Tessa. Debía de haber pensado que Nate no era el único que tenía razones para estar furioso con ella.

–Siéntate, Annie.

Al principio, ella no lo hizo, pero al sentir la

pistola de Jerry apretada contra las costillas, obedeció.

–Has jugado bien hoy –dijo Jerry, sentándose delante de ella con la pistola en el regazo–. Como siempre, he disfrutado observándote. Eres mucho mejor que Tessa. Por eso te he sentado en su mesa hoy. Con Nate y Gabe vigilando todos sus movimientos, sabía que no dejarías que tu hermana quedara en evidencia. Ni que interfiriera en tu juego –continuó con tono calmado–. Ha sido una jugada increíble la que has hecho. Tienes suerte de que mi crupier estuviera repartiendo las cartas y te diera lo que necesitabas para ganar.

Annie exhaló. ¿El crupier la había ayudado a ganar? Irritada, comprendió que no había sido más que una marioneta en sus manos.

–Mañana, ganarás el campeonato –anunció Jerry.

–Nate debe de haber arrestado ya al crupier –replicó ella–. No funcionará.

–Tenemos más crupieres y otro jugador que llegará a la final mañana. Eso nos asegurará tu victoria. Después de que Tessa y Darrell sean arrestados, relajarán la vigilancia. Nadie sospechará de ti, porque tú eras el instrumento para capturar a los tramposos. Así, podrás salir por la puerta con las ganancias sin ningún problema.

A Annie empezó a acelerársele el corazón. Durante años, se había esforzado en ganar, pero no era una tramposa.

–No quiero ganar de esa manera.

–No tienes elección, Annie. Que Tessa vaya a la cárcel será la menor de tus preocupaciones. Puede que le pase algo terrible antes de que llegue al juicio.

Annie tragó saliva y cerró los ojos. No podía dejar que hicieran daño a su hermana.

–Mi matrimonio se irá a pique –protestó ella. No quería ni pensar en la cara que pondría Nate cuando descubriera que ella estaba implicada en la operación de estafa.

–Por lo que he oído, tu matrimonio no tiene mucho futuro. Lo que queda de él, será destruido esta noche. No puedes volver a la suite. No confío en que mantengas la boca cerrada.

–Yo no… –balbució ella.

–Vas a ir a ver a Nate y le dirás que lo vuestro ha terminado –le interrumpió Jerry–. Le dirás que has cumplido tu parte del trato y que quieres tu propia habitación. Después de cómo has actuado hoy, dudo que le sorprenda. Estará tan destrozado que le dará igual cómo termine el campeonato.

Annie apretó los puños furiosa. No soportaba que nadie dirigiera su vida. Y no pensaba dejar que Jerry o Eddie le dijeran lo que tenía que hacer.

–¿Y qué pasa con él? –preguntó Annie, señalando a Walker.

–Se va. Sospechan de él, así que su desaparición les hará pensar que han capturado a los culpables. Están todos los cabos atados, Annie. Te aseguro que es una operación muy bien organizada. Tú te irás con la victoria, un tercio de tus ganancias y, sobre todo, la garantía de que a tu hermana no le pasará nada.

Ganar el campeonato iba a tener un precio demasiado alto. Se había enamorado de Nate y sabía que su relación podía tener futuro. Pero Jerry pretendía obligarla tirarlo todo por la borda.

Aunque hiciera lo que le decían, no tenía ninguna garantía de poder librarse de aquellos bribones. No haría más que darles pruebas para que pudieran chantajearla para que siguiera jugando para ellos.

—¿Y ya está?

—Hasta que volvamos a necesitar tus servicios.

Justo lo que había pensado. Al final, tanto su carrera como su matrimonio se irían a pique.

Nunca se libraría de todo aquello. Tessa nunca estaría a salvo. Y Nate jamás la perdonaría.


Nate no dejaba de repetirse que su prioridad era capturar a los criminales y proteger su casino. Sin embargo, no podía dejar de pensar en Annie.

Se había pasado casi toda la noche en el despacho de seguridad, interrogando a Darrell y a Tessa y se había quedado sin energía. Solo quería acurrucarse a dormir con Annie.

Pero sabía que no iba a ser posible. Lo había leído en los ojos de Annie cuando le había pedido que traicionara a su hermana y le había obligado a elegir. ¿Pero qué otra cosa podía haber hecho? No iba a dejar libre a Tessa solo porque fuera su cuñada…

Cuando llegó a su suite, le sorprendió encontrar a Annie en el sofá de su despacho en la penumbra. Ella lo miró.

Nate encendió la luz y, al ver un rastro de lágrimas en las mejillas de ella, se le encogió el corazón.

—¿Cómo está mi hermana? —preguntó ella, sin levantar la vista.

—Está bien. Con suerte, no serán muy duros con ella. Ha hecho un trato con la policía a cambio de darles información para inculpar a Eddie y a Darrell. La soltarán mañana bajo fianza.

—¿Solo a Eddie y Darrell?

Nate frunció el ceño. ¿Acaso pensaba que iba a inculparla a ella también? Ni en el caso de que hubiera estado implicada él podría entregarla a las autoridades.

—Sí. No tenemos pruebas de que hubiera nadie más involucrado.

—Bien —dijo Annie, se levantó de golpe y tomó su bolso y su maleta de ruedas.

—¿Adónde vas?

Annie seguía sin querer mirarlo. ¿Qué pretendía ocultarle?, se preguntó él.

—Voy a registrarme en mi propia habitación. Creo que, dadas las circunstancias, es lo mejor.

—Así que te vas —dijo él. Necesitaba escucharla decirlo.

—Sí, me voy. He cumplido mi parte del trato. Has pillado a los malos. No veo por qué tenemos que continuar con esta farsa.

Farsa. A él no le había parecido una farsa. Ella le había confesado su amor hacía apenas veinticuatro horas. Pero, al parecer, no había sido más que una mentira para proteger a su hermana.

–Entiendo que quieres que mantenga mi parte del acuerdo y firmar el divorcio –señaló él, sin poder ocultar la rabia de su voz.

Annie tomó aliento y titubeó un momento, lo suficiente para que Nate albergara una última esperanza. Entonces, levantó la vista hacia él.

–Sí. Quiero el divorcio.

Había sido un estúpido, se dijo Nate.

–¿Vas a huir otra vez?

–¡No huyo! –protestó ella, cruzándose de brazos–. He venido a jugar y a conseguir el divorcio. Solo porque tú hayas intentado convertir esto en una farsa no quiere decir que yo huya. Solo estoy poniendo punto y final a esta relación de una vez por todas.

Por alguna razón inexplicable, Nate intuyó que ella no estaba diciendo toda la verdad. Cuando le tocó el brazo, lo encontró frío como el hielo.

–No me mientas, Annie.

–Nunca te he mentido –repuso ella, pero no fue capaz de seguir sosteniéndole la mirada.

¿Cómo iba a tirar por la borda lo que habían compartido otra vez?, se dijo Nate, presa de la frustración.

–Estás mintiendo al actuar como si esta semana no hubiera significado nada para ti. Maldición. Creo que nuestra relación es más importante que lo que ha pasado con tu hermana. Lo nuestro puede funcionar.

–No. No funcionará.

–¿Entonces has cambiado de idea? Ya no me amas.

–Nate, no importa…

–¡Dilo! –le interrumpió él, su voz retumbaba en las paredes del despacho–. Si todo esto no ha sido más que un montaje para conseguir tu preciada libertad y proteger a tu hermana, quiero escucharte decirlo.

Nate había esperado que ella se enfureciera y le gritara. En vez de eso, Annie miró al suelo con aspecto derrotado. Nunca la había visto tan hundida antes.

–Yo… no te amo –balbució ella al fin, después de hacer varios intentos por hablar sin conseguirlo–. Lo dije solo porque pensé que así dejarías en paz a Tessa.

–No te creo –dijo él, y alargó la mano hacia ella.

–No importa si me crees o no –le espetó Annie, apartándose con lágrimas en los ojos–. No importa si me quieres o no. Se acabó, Nate. Adiós.


No había palabras para describir la mirada de Nate después de destruir su oportunidad de ser felices. Annie había conseguido contener las lágrimas hasta que había salido por la puerta.

Solo hubiera necesitado cinco segundos para decirle la verdad.

Sin embargo, había hecho lo necesario para salvarle la vida a su hermana. Nate era todo lo que ella quería, y se había visto obligada a renunciar a él.

Derrotada, se dejó caer en una banqueta delante de una máquina tragaperras.

–¿Señorita Baracas?

Annie se volvió, sorprendida porque la llamaran por su nombre de soltera. Todo el mundo en el hotel la había estado llamando señora Reed durante esa semana.

–El señor Reed me ha pedido que le traiga esto –indicó el botones, y le entregó una llave de habitación–. Su nueva habitación es la once cincuenta y tres, por los ascensores de la izquierda –explicó y, con un rápido saludo de la cabeza, desapareció entre la multitud.

Annie frunció el ceño. Debería haber sabido que, por muy disgustado que estuviera, Nate era un hombre detallista y nunca dejaba cabos sueltos.

Con la cabeza gacha, se dirigió a su nueva habitación, pero, al llegar a los ascensores, se topó con Jerry, que estaba esperándola.

–Ahora no puedo hablar contigo –advirtió ella, le dio la espalda y pulsó el botón para llamar al ascensor.

Ignorando su estado de ánimo, Jerry le dio una paternalista palmadita en el hombro.

–Has sido una buena chica –dijo el viejo y corrupto agente de seguridad antes de dejarla a solas.

# *Capítulo Nueve*

Annie debería estar orgullosa. Era la primera vez que llegaba a la mesa de la final en ese campeonato. Por desgracia, lo que estaba a punto de hacer empañaría todo su mérito.

Después de ocupar su lugar en la mesa, sacó los polvos compactos del bolso y se retocó el maquillaje. Iba a tener todo el día las cámaras fijas en ella.

–Tienes un aspecto horrible –le dijo el Capitán, tomando asiento a su lado–. ¿Algún problema?

Annie intentó sonreír, pero no había forma de camuflar sus ojos cansados e hinchados y sus oscuras ojeras.

–No he dormido bien. Estaba nerviosa por lo de hoy, supongo.

–Concéntrate en el juego, Annie. Deja lo demás para luego.

Eran sabias palabras, aunque Annie no podía seguir su consejo, pues su juego era precisamente lo que le preocupaba. El Capitán había adivinado enseguida que no se sentía bien. Aunque no debía de ser muy difícil de adivinar.

La galleta y el café que se había obligado a tragar en el desayuno le habían caído como una bomba en el estómago vacío. Le temblaban las manos.

Tenía el pelo y la nuca húmedos por el sudor. Y la ansiedad apenas le dejaba respirar.

–Gracias. Buena suerte, Capitán.

Él le guiñó un ojo y ella bajó la vista y cerró los ojos, forzándose a respirar hondo. Pero no pudo relajarse, porque la imagen de Nate, decepcionado y triste, fue lo primero que le saltó a la mente. Al abrir los ojos de golpe, para quitarse esa imagen de la cabeza, vio que el hombre que amaba estaba observándola, con esa misma expresión.

Nate estaba en una esquina alejada, contemplando la escena. Sus ojos se encontraron y Annie pudo percibir toda la confusión y el dolor que escondía bajo su fría fachada. Al instante, Nate se giró para hablar con uno de sus empleados y ella volvió a sentirse sola en la sala llena de gente.

El campeonato empezó minutos después. El hombre que había sentado a su lado era quien debía ayudarla a ganar subiendo las apuestas. Eddie le había explicado todos los detalles. El hombre le dedicó una breve sonrisa antes de empezar. Esa sería la única comunicación que habría entre ellos. Debían de ser muy cuidadosos para no levantar sospechas.

Jugar sucio era algo a lo que Annie no estaba acostumbrada. Tenía que hacer sutiles señales al crupier y al otro cómplice para que ellos supieran qué hacer y, al mismo tiempo, centrarse en ganar.

Las primeras horas fueron bien, sin mucha ayuda exterior. Dos jugadores fueron eliminados. Annie se acercaba a su objetivo.

Entonces, se dio cuenta de que Nate y Jerry estaban hablando en una esquina y, después, enfocaban en ella sus miradas. Era una sensación muy incómoda sentir que el hombre que amaba y el hombre que le había obligado a dejarlo estaban centrados en ella. Para colmo, Nate sería testigo de cómo hacía trampas.

–¿Señorita Baracas?

Annie se sobresaltó al escuchar al crupier. Asintiendo, lanzó un puñado de fichas a la mesa e intentó volver a concentrarse en la partida. No funcionó. A pesar de retorcerse el anillo del dedo y un mechón de pelo un par de veces, perdió la mano. Lo mismo le pasó con la siguiente.

Todavía no era la hora de comer y Annie estaba a pocos pasos de quedar fuera. No importaba qué cartas le dieran y lo que pasara en la mesa. Había empezado a perder. Aunque no lo estaba haciendo a propósito, las fichas se le escurrían de las manos a gran velocidad en cada mano.

Al resto de los jugadores no les costó percibir su debilidad. Annie decidió pasar esa mano para darse tiempo para pensar mientras los demás jugaban.

Solo le faltaban un par de vueltas para que quedar eliminada. Sí, todavía podía remontar, pero no tenía muchas posibilidades, ni siquiera con ayuda. El resto de sus oponentes se unirían contra ella y la echarían de la mesa.

Recostándose en su asiento, Annie suspiró. No estaba haciendo más que prolongar su agonía. Ella lo sabía y Jerry, también.

Volviendo la cabeza, vio cómo Jerry la estaba observando con el rostro enrojecido.

Al diablo con Jerry. Podía poner sus esperanzas en su otro hombre sentado a la mesa. Al paso que iban, estaba sacando una gran ventaja a Annie.

Tomando una decisión, Annie se enderezó en su asiento con renovado entusiasmo. Vio las nuevas cartas que acaban de repartirle y sonrió. No tenía nada. Ni siquiera una pareja o una figura. Contó sus fichas y apostó como si tuviera una buena jugada. También le hizo una seña a su pareja para indicarle que tenía una mano excelente. Él apostó, el bote creció y creció, mientras ella seguía sin tener nada que mereciera la pena. Siguió apostando con tanta seguridad que el resto de los jugadores pasó. Su pareja de trampas le siguió el juego, hasta que ambos tuvieron que mostrar sus cartas.

Nate había dejado de ver el campeonato hacía un rato. Annie no estaba jugando bien y no quería distraerla con su mirada de disgusto. A pesar de todo lo que había pasado, quería que ella triunfara. Por eso, se había recluido en su despacho durante unas horas.

Encontró el sobre que le había mandado su abogado en la mesa y lo abrió con gesto sombrío.

Por un momento fugaz, hacía un par de días había creído que aquellos papeles no harían falta. La noche que habían estado en las fuentes y Annie le había confesado su amor, había empezado a creer que su relación podía sobrevivir. Incluso había seguido manteniendo la esperanza cuando ella le había dicho que no lo amaba y que solo había querido proteger a Tessa.

Quizá, solo se estaba comportando como un niño que se negaba a aceptar que Papá Noel no existía. Aunque, por otra parte, estaba seguro de que Annie mentía. ¿Pero por qué? Sus acciones no tenían ninguna lógica.

Tal vez, no se había sentido capaz de quedarse con el hombre que había hecho detener a su hermana, por mucho que lo quisiera.

Frunciendo el ceño, Nate revisó los documentos del divorcio. Era un acuerdo sencillo, sin bienes que dividir, sin batallas de custodia. A pesar de que no existía ningún acuerdo de separación de bienes y Annie tenía derecho a legal a pedirle la mitad de todo lo que él poseía, había renunciado a hacerlo. Lo único que quería era su libertad.

Era increíble cómo un pedazo de papel podía disolver no solo un matrimonio, sino todos sus sueños de felicidad. Como en el pasado, no estaba preparado para renunciar a su relación. Amaba a Annie. Siempre la había querido, aunque había sido demasiado tozudo como para admitirlo.

Sin embargo, sabía que tenía que dejarla marchar. Annie le había dejado claro que lo suyo había terminado. Y, si estaba enamorado, era solo problema suyo, no de ella.

Nate firmó en la línea designada para ello. Luego, se quitó la alianza del dedo. Fue un gran alivio, como si se hubiera quitado un peso de encima. Había estado aferrándose a ese matrimonio durante demasiado tiempo.

Tras meter los papeles otra vez en el sobre, llamó a alguien para que los llevara a la habitación de Annie. No quería tenerlos cerca ni un minuto más, para no verse tentado de hacerlos pedazos.

Durante un momento, pensó en llamar a Gabe y proponerle salir a dar una vuelta por la ciudad cuando terminara el campeonato. Un par de copas y un par de damas deseando agradar podían ser lo que necesitaba para olvidar.

Pasándose la mano por la cabeza, Nate suspiró. Estar con otras mujeres era lo último que necesitaba. Por eso, tomó unos informes de la mesa y trató de volver a centrarse en el trabajo.

Todo había acabado.

Annie no había ganado, pero no le importaba pues, al menos, le había negado a Jerry esa satisfacción. De todas maneras, él se llevaría dos tercios de sus ganancias. Era un precio pequeño a cambio de la seguridad de Tessa. Quizá, Jerry no volvería a molestarlas a ninguna de las dos.

Pasó por las entrevistas y las fotos habituales, aunque no estaba de humor para ello. Un periodista, incluso, le preguntó si su matrimonio con Nate había contribuido a hacerle perder la concentración durante el juego.

Lo único que ella quería era volver cuanto antes a Miami. No tenía ni idea de qué haría cuando llegara, pero siempre era mejor que estar allí.

Para que Jerry no se atreviera a acercarse a ella de nuevo, pidió a uno de los agentes de seguridad de Gabe que la acompañara a la habitación.

Una vez dentro, cerró la puerta con cerrojo y se fue directa a hacer la maleta. Si era rápida, podía tomar un vuelo esa misma tarde y salir de allí antes de que Nate o Jerry fueran a buscarla. En ese momento, no podría enfrentarse a ninguno de los dos. Por otra parte, esperaba que Tessa fuera lo bastante lista para hacer lo mismo en cuanto la soltaran bajo fianza.

Cuando dejó el bolso sobre la cama, se dio cuenta de que había un sobre encima de la colcha. Su nombre estaba escrito con la letra de Nate.

Annie necesitó unos instantes en reunir la tranquilidad necesaria para abrirlo. Cuando lo hizo, encontró dentro los documentos del divorcio.

Con el corazón encogido, se fue directa a la última página, donde encontró la firma de Nate.

Debía de haberse sentido feliz o, al menos, aliviada. Aquello era lo que ella había querido. Casi había vendido su alma al diablo para conseguirlo.

Sin embargo, rompió a llorar con desconsuelo, dejando caer los papeles. Nunca había sentido tanto dolor desde… desde que había abandonado a Nate hacía tres años.

Entonces, se había mentido a sí misma diciéndose que no lo había amado, que no estaba hecha para el matrimonio y que necesitaba sentirse libre.

Pero Annie no quería seguir mintiéndose. Ni a sí misma, ni a Nate. Quería estar con él. Su relación era maravillosa y especial y no iba a renunciar a ella ni por un encargado corrupto ni por su miedo al compromiso.

Una llamada a la puerta la sacó de sus pensamientos. Cuando la voz de Nate sonó al otro lado, corrió a abrir con el corazón acelerado. Era su oportunidad. Quería contárselo todo, confesarle sus pecados y rogarle que la perdonara.

Annie abrió todo lo deprisa que pudo. Pero Nate no estaba allí. Solo halló a Eddie, sosteniendo una grabación en la mano con una sonrisa.

Antes de que pudiera cerrarle la puerta y llamar a seguridad, Annie sintió un agudo dolor en la cabeza y todo se volvió negro.


Después de llamar dos veces sin recibir respuesta, Nate decidió usar la llave maestra para abrir la suite de Annie. Necesitaba hablar con ella. Había ido a buscarla cuando el campeonato había terminado, pero no la había encontrado por ninguna parte.

La habitación estaba oscura y sin señales de ella.

–¿Annie?

No hubo respuesta.

Al acercarse al dormitorio, comprobó que no había rastro de su equipaje, ni de su bolsa de aseo en el baño. Annie se había ido ya.

Frustrado, se dispuso a salir cuando vio la punta de algo blanco sobresaliendo debajo de la colcha. Se agachó y sacó los papeles, que reconoció de inmediato.

Eran los documentos de divorcio que él había firmado. Quizá, ella los había dejado allí para que los recogiera, sabiendo que iría a buscarlos. Bonito regalo de despedida, pensó.

Pero, al posar los ojos en la última página, Nate tardó unos instantes en darse cuenta de algo. Cuando lo vio, el corazón le dio un brinco de excitación.

La línea donde Annie debía haber firmado estaba en blanco.

A pesar de todo lo que ella había dicho, había esperanza todavía. Annie lo amaba, si no, no habría dejado sin firmar el divorcio que tanto había luchado por conseguir.

Arrugando los papeles, Nate salió de la habitación. No sabía dónde estaba Annie pero, en esa ocasión, no la dejaría escapar, aunque tuviera que ir a buscarla a los confines del mundo.

A grandes zancadas, se dirigió a su despacho, donde le sorprendió encontrar a Gabe sujetando a Tessa del brazo. Había salido esa mañana bajo fianza, pero no había esperado que volviera tan pronto a la escena del crimen.

—¿Dónde está mi hermana? —inquirió Tessa.

—No tengo ni idea. Parece que se fue del hotel cuando la eliminaron del campeonato. Debe de estar rumbo a Mississippi —respondió Nate.

–Nada de eso. No me responde al teléfono. No es típico de ella –aseguró Tessa con miedo en los ojos. Dando un respingo, se zafó de la mano que la agarraba–. Jerry me dijo que le haría daño si contaba a la policía que estaba implicado. Yo no he dicho nada, pero sabía que no podía confiar en él.

–¿Qué Jerry? –preguntó Nate. No podía referirse a su encargado, el único Jerry que él conocía. El hombre tenía setenta años y un corazón delicado. Además, no lo creía capaz de hacerle daño a nadie.

–Jerry, el encargado del casino –repuso ella–. Él lo planeó todo. El bastardo me hizo atrapar para poder chantajear a mi hermana para que ocupara mi lugar.

Nate tardó un momento en digerir esa nueva información. ¿El viejo amigo de su abuelo era un criminal?

–¿Cómo? ¿Annie estuvo implicada desde el principio?

–Claro que no. No la obligaron a participar hasta ayer.

Entonces, Nate comprendió. Annie había cambiado después de que Tessa hubiera sido eliminada el día anterior. Sin duda, por eso se había ido... y, por eso, le había dicho que no importaba lo que sintiera por él.

–¿Crees que puede hacerle daño?

–Eddie y Jerry llevan armas. La amenaza siempre ha estado ahí –señaló Tessa, asintiendo–. Son capaces de cualquier cosa.

En ese momento, sonó el receptor de radio de Nate.

–Ahora, no –rugió Nate, pensando que cualquier asunto de trabajo que requiriera su atención podía esperar.

–Ahora, sí –afirmó Jerry al otro lado de la línea con tono autoritario–. Pon el canal cinco.

–Ya está –dijo Nate, sintonizando el canal que le pedía, reservado para conversaciones privadas.

–Tu esposa y tú habéis estropeado mis planes y me debéis mucho dinero por lo que he perdido. Pero te voy a dar la oportunidad de arreglarlo. Vendrás a mi suite con una bolsa con diez millones de dólares. Vendrás solo y sin informar a la policía ni a la seguridad del hotel.

Nate miró a Gabe, que asintió, en silencio.

–¿Y por qué voy a hacer eso, Jerry?

El viejo soltó una lúgubre carcajada.

–Tienes un sobre en tu mesa. Ábrelo.

Nate hizo lo que decía y encontró dentro del sobre la alianza de Annie.

–Si le haces daño…

–No pretendo hacerle daño, siempre y cuando hagas lo que te digo. Tienes una hora. Y recuerda, estoy monitorizando todas las cámaras del hotel. Si dices una palabra de esto a alguien, Annie estará muerta.

La conexión terminó y Nate se dejó caer en la silla, llevándose las manos a la cabeza.

–Jerry no contaba con que yo estaba aquí. Le llevamos esa ventaja –indicó Gabe.

–¿Qué hacemos? –preguntó Tessa.

–Haremos lo que nos ha pedido. Quiero que te quedes aquí –le pidió Nate a Tessa, y se giró hacia Gabe–. Haz que uno de nuestros hombres se quede aquí con ella. Tú vendrás conmigo.

–¿Qué quieres que haga? –inquirió Gabe, al lado de su amigo al instante.

–Necesito tu pistola.


Annie tenía un terrible dolor de cabeza. Se había despertado en una habitación a oscuras, esposada a una cama.

Girando la cabeza, vio que entraba luz del cuarto de al lado por debajo de la puerta y pudo escuchar un sonido de voces, aunque no fue capaz de reconocerlas. Sin embargo, no tenía que ser detective para adivinar que estaba en la suite de Jerry.

Debía de haberse tomado sus amenazas más en serio. Pero, de alguna manera, había creído que, si la eliminaban del campeonato y Tessa estaba custodiada por la policía, Jerry ya no tendría el control de su vida.

Sin embargo, se había equivocado. Jerry la castigaría por su imprudencia, pensó al comprender la situación. Era el precio que tendría que pagar por haberlo desobedecido. Y lo que más lamentaba era que las últimas palabras que le había dedicado a Nate habían sido una mentira.

De pronto, se abrió la puerta y Jerry y Eddie entraron en la habitación.

—La bella durmiente se ha despertado –dijo Jerry, encendiendo la luz.

—Ahora empieza lo divertido –señaló Eddie, mientras se acercaba para tocarle la cara a su prisionera.

—No te acerques –le advirtió ella, escupiéndole a la cara.

De inmediato, Eddie le dio una fuerte bofetada.

—Repite eso y tu hermana y tú pagaréis las consecuencias.

—Pensé que ya te habrías ido, Eddie –comentó ella–. Siempre has sido demasiado gallina como para hacer el trabajo sucio.

—No tenemos tiempo para esto –dijo Jerry, apartando a Eddie justo cuando iba a darle otra bofetada a Annie–. Ve a la otra habitación –le ordenó a su compinche–. Eres una gata salvaje, Annie. Si tuviera treinta años menos, disfrutaría mucho domándote –señaló cuando Eddie se hubo ido–. Por ahora, tendré que conformarme con domar a Nate. Pronto llegará con el dinero que me debe.

—¿Dinero?

—Diez millones de dólares a cambio de ti. Creo que es justo. Así podré alejarme de aquí y llevar la vida que merezco después de haberme matado trabajando para el casino.

—No creo que venga –dijo ella, deseando que sus palabras fueran ciertas. Odiaba que Jerry la utilizara como cebo–. Puede que ya no le importe lo que me pase.

–Vendrá –aseguró Jerry, apagó la luz y cerró la puerta después de salir.

Treinta minutos después, Nate se dirigía al despacho de Jerry con las venas cargadas de adrenalina. Después de meter la mano en el bolsillo de la chaqueta donde tenía la pistola, abrió la puerta con su llave maestra.

Jerry estaba sentado delante de su mesa, solo. Al verlo allí, en el despacho que había sido de su abuelo, a Nate le resultó todavía más amargo el dolor de su traición.

Jerry se levantó despacio, alzando las manos para mostrarle que no iba armado.

–Me alegro de que estés aquí, Nate. Estaba esperándote.

–¿Dónde está ella?

–Muy cerca. No te preocupes.

–Quiero verla.

–¿O qué? ¿Vas a usar la pistola que llevas en el bolsillo para disparar al viejo amigo de tu abuelo? Vamos, los dos sabemos que no eres capaz, así que siéntate y relájate.

–¿De va todo esto, Jerry? ¿Es cuestión de dinero? –preguntó Nate, sin moverse–. ¿Tanto lo necesitas?

–Al principio, sí –reconoció Jerry–. Me gustan demasiado las carreras de caballos, aunque no se me da bien ganar las apuestas. Por eso volví después de haberme retirado. Me vi mezclado con unos tipos poco deseables a los que debía dinero y empecé a amañar los campeonatos para quitármelos de encima. Sin embargo, enseguida me di cuenta de que con este juego podía divertirme más de lo que había creído.

–¿Y por qué has tenido que elegir a Annie? ¿Estabas intentando vengarte de mí por algo?

–En realidad, no. Elegimos a Tessa porque es estúpida y joven y podía llevarnos hasta Annie. Ella es una gran jugadora y nadie sospecharía si ganaba. Luego, cuando supe que estaba colaborando contigo para atrapar a los tramposos, me pareció un objetivo todavía más jugoso.

–¿Creíste que te iba a ser tan fácil manipularla?

–No –reconoció Jerry, riendo–. Pero, con la presión adecuada, hasta una mujer enamorada es capaz de traicionar a su esposo.

–¿Y qué conseguiste con ello? –preguntó Nate, sin poder dejar de pensar que Annie lo amaba.

–Todo se fue al traste cuando se hundió bajo la presión y perdió la concentración. Echó a perder mis planes… por tu culpa. Por eso, ahora, debes resarcirme con esa bolsa de dinero.

–Bueno, aquí tienes la bolsa –le espetó Nate, apretando los dientes furioso–. ¿Dónde está Annie? Quiero verla primero.

–¿Acaso crees que eres tú quien pone las condiciones? –replicó Jerry–. Eres como tu abuelo. Crees que lo tienes todo bajo control, cuando es la gente como yo quien hace que funcionen las cosas. Dame la maldita bolsa y la pistola.

–No hasta que la vea.

Antes de que Jerry pudiera responder, se abrió la puerta del dormitorio y apareció Eddie, arrastrando a Annie con él mientras la apuntaba con una pistola.

Nate tuvo que contener el impulso de matar a Eddie en ese mismo instante. Por desgracia, no era un excelente tirador y, con Annie luchando por librarse de él, temía no dar en el blanco.

–Ya la has visto. Deja la pistola y el dinero y da un paso atrás.

Ignorando la orden de Jerry, Nate se acercó hacia Annie. Eddie reculó con ella hasta la ventana, confundido por su movimiento.

–El dinero y la pistola, Nate. Ahora.

–De acuerdo, de acuerdo –dijo Nate, al ver que Eddie ponía el dedo en el gatillo con gesto nervioso–. Por favor, deja de apuntarla.

–Cuando tenga el dinero –repuso Jerry, y se agachó para tomar la pistola de Nate del suelo.

El resto de los acontecimientos se sucedieron como en un torbellino.

–¡Ahora! –gritó Nate.

Sonó un disparo. Annie gritó. Nate golpeó a Jerry con la bolsa, haciéndole caer. Luego, recuperó su pistola, apuntó a Jerry y miró hacia la ventana. Annie estaba allí, sola y temblorosa, tratando de procesar lo que había pasado.

Entonces, se abrió la puerta y entraron doce agentes de seguridad. Una vez que hubieron agarrado a Jerry, Nate corrió al lado de Annie. A sus pies, estaba Eddie en el suelo, retorciéndose de dolor.

La escopeta de largo alcance de Gabe y su buena puntería les había servido bien. Había estado apostado ante la ventana todo el tiempo, esperando que Eddie se pusiera a tiro. Con un solo disparo, le había acertado en el hombro.

Nate se llevó a su mujer a una habitación vacía al otro lado del pasillo, ella no dejaba de llorar.

–Estarás bien. Gabe va a llamar a la policía y enseguida vendrá una ambulancia. Van a ocuparse de ti, ¿de acuerdo?

–No quiero divorciarme –musitó ella.

–No hablemos de eso ahora –repuso él, abrazándola.

–Sí. Ya he esperado demasiado. Me odio a mí misma por lo que te hice. Te mentí, Nate. Te amo y siempre te he amado. Esta noche, lo que más me aterraba era morir sin poder decirte la verdad... Quiero pasar el resto de mi vida contigo. Me gustaría echar raíces en Las Vegas y que me acompañes cuando viajo.

–Te amo, Annie –afirmó él, rebosante de alegría–. Desde el primer día en que te vi.

Se quedaron unos minutos abrazados en silencio.

–Ya nunca más querrás huir –aseguró él.

# Epílogo

Annie sonrió bajo el cálido sol del Caribe. Después del tiroteo, había decidido tomarse un descanso del póquer. También Nate había decidido que necesitaba darse un respiro y alejarse durante un tiempo del casino.

Habían pasado unos días en su casa en Henderson y habían ido a visitar a su padre a Texas. Después, le había sugerido a Annie ir a pasar unos días en Saint Thomas, en la casa que su familia tenía en la playa.

Annie le dio un trago a su cóctel, tumbada en la hamaca, y cerró los ojos. Aquello era vida, pensó.

—Me gustaría que nos casáramos otra vez —dijo Nate, que había estado ocupado tecleando algo en su agenda electrónica.

—¿Otra vez?

—Podemos hacer una fiesta, con tarta y todo. E invitar a nuestros familiares y amigos.

—¿En el hotel? Tiene una capilla muy bonita —comentó ella.

—No. Creo que sería mejor aquí. Podríamos casarnos en la playa al atardecer, hacer una hoguera y comer marisco hasta reventar.

—Suena bien —dijo ella con sarcasmo.

–Lo digo en serio, Barbara Ann Baracas Reed. ¿Me harás el honor de casarte de nuevo conmigo, esta vez, con nuestros familiares y amigos como testigos? –pidió él, y se sacó una cajita del bolsillo.

Al abrirla, el brillo de un enorme diamante con forma de corazón cegó a Annie.

–Creo que te lo mereces –dijo él, poniéndole el anillo en el dedo, junto a su alianza.

A ella se le saltaron las lágrimas. Era lo más bonito que había visto nunca.

–¿Estás bien?

–Muy bien. ¿Por qué?

–La última vez que te puse un anillo te desmayaste.

Annie rio. Su mundo había cambiado desde ese día. En solo un mes, todo era diferente. En esa ocasión, llevar el anillo no le hacía sentir insegura, ni nerviosa. El amor de Nate la había ayudado a ser una mujer nueva. Y nada mejor para celebrarlo que una boda en la playa.

–Sí, Nate –afirmó ella con una sonrisa, y le plantó un besó en los labios con sabor a piña colada–. Me casaré contigo otra vez. Y todas las veces que tú quieras.

# TERRI BRISBIN

## *Seducida por un Highlander*

El imponente guerrero Aidan MacLerie tal vez fuera valiente y leal a su familia y a su clan, pero su corazón estaba inquieto. Hasta que conoció a la deslumbrante Catriona MacKenzie.

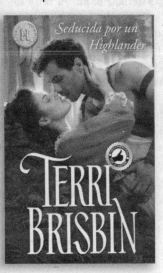

Ella era una mujer casada, así que nunca podría poseerla realmente. Sin embargo, buscó su rendición… beso a beso… Cuando el marido al que ella no amaba murió en el campo de batalla, Cat se quedó sin nada y con la reputación destrozada. Aidan era el único hombre con poder para protegerla. Lo único que Cat tenía que hacer era ceder a los deseos de aquel poderoso guerrero.

**Perseguía lo prohibido…**

Nº 558

**H** HARLEQUIN INTERNACIONAL™

## ¡YA EN TU PUNTO DE VENTA!

# Christine Rimmer

*Noche de amor prohibido*

*¿Conseguiría el príncipe a su Cenicienta antes de que sonaran las campanadas de medianoche?*

La noche de magia prohibida que convirtió a Lani Vasquez y al príncipe Maximilian Bravo-Calabretti en amantes nunca debió haber tenido lugar. Al fin y al cabo, Lani sabía bien que una aventura entre una niñera y el heredero del trono solo podía acabar con un corazón roto: el suyo. Por eso tenía que ponerle fin antes de perderse por completo.

La increíble Nochevieja que había pasado con Lani

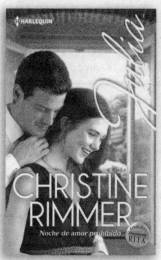

había hecho que el mundo de Max temblara bajo sus pies, aunque, de repente, la belleza texana quería que fueran solo amigos. Viudo y padre, había jurado que no volvería a casarse, pero Lani había conquistado a sus hijos y despertado su corazón dormido.

N° 2023

# Christyne Butler
## *Prisionera del pasado*

*¿Cuáles son sus verdaderas intenciones,
señor Pritchett?*

La gran inundación sufrida en Montana ha traído a Rust
Creek Falls a hombres de todo tipo. En el pueblo todo
el mundo habla del guapo forastero Dean Pritchett. Di-
cen que el carpintero de ojos verdes de Thunder Can-
yon ha venido para ayudar a reconstruir la escuela.
¡Pero tenemos una exclusiva!

Corre el rumor de que Dean tiene un especial interés
en nuestra Shelby Jenkins. Sí, esa Shelby Jenkins, la
madre soltera que se quedó embarazada por sorpresa
cuando estaba en el instituto. Parece que Dean se metió en una pelea para defender su honor. Sin embargo,
la dulce Shelby teme que su amor no sea duradero...

N° 92

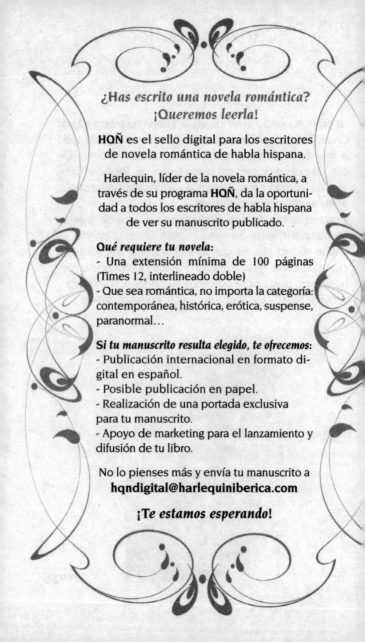